어디
장쾌한 일
좀 없을까

어디
장쾌한 일
좀 없을까

김풍기 교수의
옛 시 읽기의 즐거움

교유서가

일러두기

1. 이 책은 『옛 시 읽기의 즐거움』(아침이슬, 2002)의 개정판이다.
2. 이 책에 인용된 문인들의 한시는 대부분 『한국문집총간』(민족문화추진회)을 저본으로 삼았으나, 여기에 실리지 않은 경우는 『대동시선』, 『기아』를 기초로 하였다.
3. 승려의 한시는 개인의 문집 이름만 표기하였으며, 그 저본은 『한국불교시선』(동국대출판부, 1987)이다.
4. 중국인의 경우, 특별한 표기가 없는 한 『고문진보』와 『고문관지』에서 글을 뽑았다.
5. 책 이름은 『 』으로, 시(詩)나 일화, 책 속의 작은 단편 제목은 「 」으로 표기하였다.

개정판 서문

고단한 일상을 견디는 힘

오랫동안 잊고 지내던 시절을 호명하는 것은 늘 뜻밖의 순간에 일어난다. 그 시절이 다시 내 기억 속으로 들어와 아련히 떠오르는 순간, 부끄러움과 함께 흐뭇함이 교차한다. 이삿짐을 싸다가 기억 저편에 숨어 있던 물건을 우연히 발견하면, 이사는 팽개친 채 그 물건을 살피며 추억에 잠긴 경험이 있을 것이다. 과거의 기억은 현실의 거대한 힘 앞에서 곧 사라지겠지만, 우리가 걷는 삶의 굽이에서 그런 순간과 조우하면 얼마나 큰 힘이 되었던가.

한시를 읽고 공부하면서 보낸 시절이 참 행복했다. 힘들고 거친 일상을 견디는 일이 누구에겐들 쉬우랴만, 나는 한시를 읽으면서 그 일상을 견딜 힘을 얻곤 했다. 기회가 될 때마다 그 경험을 글로 썼고, 그

것들이 모여 책이 되었다. 작은 글귀도 사람마다 다른 해석을 하는데, 오랜 세월을 거쳐온 한시는 얼마나 많은 해석의 가능성을 가질 것인가. 직역과 의역, 작품의 문학적 해석에 이르기까지 독자의 수만큼이나 다양한 해석을 만나는 것은 당연한 일이다. 그러니 여기서 풀어내는 한시 이야기도 그런 해석들 중의 하나인 셈이다. 다만 나는 그 해석을 통해서 내 삶의 경험을 드러내기도 하고 때로는 공유하고 싶기도 했다.

잊고 있던 책을 홀연 불러준 벗들 덕분에 다시 이 책을 펼쳐본다. 서른 몇 살 시절의 내가 보이고, 그때의 아련한 기억들이 새삼 내 가슴속으로 들어와 설레게 한다. 힘들고 어려운 시절을 나는 이렇게 지내왔구나 하는 느낌도 든다. 망설이다가 다시 이 책을 펴낼 마음을 낸 것도 잊고 있던 내 기억과 여러 벗들의 도움에 힘입은 것이다.

아무리 아름다운 옛 기억이라 해도 그것을 다시 호명하는 것은 참으로 미안한 일이다. 하여, 글의 순서를 조정하면서 새로운 글을 여러 편 넣었다. 이렇게 내 삶은 다시 과거와 현재가 뒤섞여서 새로운 변곡점을 찍고 있다. 새삼 이 책의 운명이 새로워지기를 빈다.

2015년 11월 춘천에서
김풍기 삼가 씀

차례

| 2부 | 진흙소가 바다로 들어가 아득해지니

| 3부 | 진실된 경계

| 4부 | 어떻게 살아가는 것이 바람직한 삶인가

1부

모름지기 자주 눈물 흘리지 말지니

이별의 따스함에 대하여

김지장의 「산을 내려가는 동자를 보내며」

할머니를 마지막으로 뵌 것은 그해 추석이었다. 어렸을 때부터 부모님과 떨어져서 대부분의 삶을 할머니와 단둘이 살아왔던 내게, 할머니는 참으로 특별한 분이었다. 그러므로 할머니를 마지막으로 뵌 것은 어제 일처럼 생생하다. 물론 그때는 마지막이라는 것을 몰랐다. 하기사 마지막이라는 것을 알고 헤어지는 이별이 세상에 얼마나 되랴.

한동안 할머니와 둘이서 객지 생활을 하다가 부득이한 사정 때문에 할머니는 고향으로 돌아가시고 나는 또다른 객지로 떠났다. 한동안은 할머니에게 전화도 자주 드렸지만, 객지 생활이 계속되면서 전화 드리는 횟수는 점점 줄어들었다. 그나마 할머니는 하나밖에 없는 손자를 명절이라야 마주했다. 그러나 나는 명절이랍시고 집에 갔다가도 바쁘다는 핑계를 대고 하룻밤 고양이 잠을 붙이고는 바람처럼 다시 객지로 향했다. 당시 나는 세상에서 버림받은 외로운 사내일 뿐이었다. 그것이 한때의 얕은 감상(感傷)에서 비롯된 것이었을지라도, 당시만은 정말 외로움의 화신이었다.

우리집은 당시 지방 도시의 외곽에 있었다. 집 앞으로는 논이 있었고, 논길을 걸어나가면 큰길이 나왔다. 그곳에서 택시나 시내버스를 타고 시외버스정류장까지 나오면 비로소 그리운 객지로 가는 차를 타는 것이었다. 평소 같으면 큰길에서 적어도 20분 이상을 기다려야 택시가 왔는데, 그날은 논길을 반쯤 걸어나가는데 멀리 택시 한 대가 오는 것이었다. 논길을 달려서 그 택시를 잡고 문을 열었을 때, 비로소 나는 할머니가 논둑길을 허둥지둥 막 달려오시는 것을 보았다. 들어가시라고 손을 저어도 할머니는 객지로 떠나는 손자를 향해 뭐라고 소리를 지르면서 손을 흔드셨다. 미처 어쩔 새도 없이 택시 문은 닫히고, 할머니와 헤어졌다. 추석날이었다.

가을이 끝나고 겨울이 오기 직전, 새벽녘에 할머니의 부고를 받았다. 한동안 마음을 정리하지 못하고 새벽의 어둠을 부여잡고 앉아 있었다. 그러고는 새벽 첫차로 고향집에 갔다. 장례를 치를 때는 잘 몰랐던 슬픔이, 다시 객지의 삶으로 돌아오자 증폭되기 시작했다. 할머니와의 마지막 이별이 머리에서 지워지지 않았으며, 지금도 그 이별은 내 가슴 깊이 남아 있다.

자신만의 특별한 감정이 다른 사람에게는 그리 큰 공감을 얻을 수 없다고 해도, 우리는 개인의 체험을 무시하기 어렵다. 무시해서도 안 된다. 그것은 문학 작품을 이해하는 첫걸음이며 마지막 힘이기 때문이다. 내게 이별의 시는, 적어도 할머니와의 이별에 잇닿음으로써 해석된다. 물론 그것은 내 방식이다.

이별에 대한 절절함을 기억하는 사람들은 이별시의 진실성 혹은 그 처연한 아름다움을 함께 기억한다. 사랑의 시만큼이나 이별의 시 또한 지어지게 마련이다. 그렇지만 사랑의 시가 대부분 거짓 진술에 의한 것이듯이 이별의 시 또한 그러한 경우가 많다. 그럴 때 우리가 이들 시의 진실성을 판단하는 기준은 무엇일까. 아마도 자신의 체험일 터이다. 그 체험이 얼마나 절절했던가 하는 것은 작품의 해석에 관계한다.

空門寂寞汝思家	절은 적막하니 너는 집 생각
禮別雲房下九華	스님을 이별하고 구화산 내려간다
愛向竹欄騎竹馬	고향에서 죽마 타던 일 그리웠고
懶於金地聚金沙	절에서 금모래 모으던 일 싫증났었지
添瓶澗底休招月	시냇가에서 병에 물 뜨다가 달바라기 그치고
烹茗甌中罷弄花	찻종에 차 끓이다가 꽃 장난 그만두리
好去不須頻下淚	잘 가거라, 모름지기 자주 눈물 흘리지 말지니
老僧相伴有烟霞	노승의 벗이야 안개와 놀 있나니

—김지장金地藏, 「산을 내려가는 동자를 보내며送童子下山」, 『대동시선大東詩選』 권1

동자는 무슨 이유로 어린 나이에 구화산 깊은 곳으로 들어와 노스님을 모시게 되었을까. 그것이 깨달음에 대한 열망에서 비롯되지 않았음은 거의 확실하다. 먹고살기 힘든 가정 형편이 동자를 산속으로 밀었을까, 아니면 부모님의 열렬한 신심(信心)이 노승의 시종으로 보내게 되었을까. 위의 시를 통해서 우리가 알 수 있는 것은 아무것도 없다. 그러나 동자는 산속 생활을 그다지 흥미롭게 여기지 않았던 듯하다.

적막한 산속에서 동자는 언제나 집 생각뿐이다. 인적 드문 산속에서 자연을 벗하고 살아가기에는 동자의 나이가 너무 어렸다. 아이의 머릿속에는 항상 고향 마을 우물가 난간에서 죽마 타고 놀던 일이 아른거린다. 절의 적막함을 이기기 위해 놀던 모래 장난도 어느샌가 싫증이 났다.

시냇가에서 물을 긷다보면 하늘의 달이 동자의 손을 간지럽힌다. 병 속에 달을 담았건만 어느새 달은 다시 물 위에 떠서 시냇물과 함께 흔들리고 있다. 노스님을 위해 차를 달이다가 문득 눈을 들어보니 꽃이 벙싯거리며 장난을 걸어온다. 동자는 차 달이는 것도 잊고 꽃과 노니는 것이다. 경련(頸聯: 8구의 한시 중에서 5·6구)에서 정말 절묘하게 쓰인 글자는 休(휴: 쉬다, 멈추다)와 罷(파: 끝내다, 그만두다) 자이다. 이 글자를 중심으로 앞부분은 동자가 절에서 해야만 할 일들이 등장하고, 뒷부분은 하던 일을 작파한 자연스러운 동자의 짓거리가 묘사되어 있다. 해야만 하는 인위적인 것을 멈추거나 그만두고 천연의 모습으로 돌아가 자연 속에서 하나가 되는 것이다.

이 시를 처음 접했을 때, 나는 김지장(630~729)*이라는 인물에 대한 정보가 전혀 없었다. 지금도 기억나는 것은 마지막 연(尾聯, 7·8구)이 주었던 강한 인상이다. 내게는 아름다운 자연이 항상 친구로 남아 있으니 나를 위해 눈물을 흘리지 말고 잘 가라는 말은 너무도 정겨우면서도 슬픈 어조로 다가왔다. 어린 동자승을 얼마나 곁에 두고 있었는지 알 수 없다. 그러나 이제 산중의 절을 떠나 다시 험난한 속세로 돌아가는 동자의 모습에서 노승이 느낀 것은 무엇이었을까. 도를 깨친 노승이라 해도 그 순간만은 이별의 아픔이 가슴 한켠에 아련히 저며오지 않았을까. 잘 가라고, 눈물을 흘리지 말라고, 그렇게 짐짓 담담하게 당부를 하지만, 기실 울고 있는 것은 노승 자신이었을 터이다.

나는 이 구절보다 더 가슴 아픈 이별을 보지 못했다. 한시의 역사에서 수많은 이별시가 지어졌고, 그들이 나름대로 깊은 아픔을 드러내고 있음에도 내게 이 구절은 이별시 평가의 표준이었다.

신라의 왕자로 태어나 출가하여, 머나먼 타향 당나라의 구화산에서 살았던 한 노승의 시선은 동자의 마음을 참으로 따뜻하게 포착하고 있다. 지장보살의 원력—지옥에서 고통받는 중생들을 모두 구제하기 전에는 결코 성불하지 않겠노라—을 안고 살아갔기 때문일까, 아니면 고향 신라를 떠나 평생을 머나먼 당나라에서 지내다가 결국은 그곳에 뼈를 묻어야만 했던 운명을 감지했기 때문일까. 그의 시선은 동자의 작은 몸짓 위에 머물러 자신의 마음을 슬며시 드러낸다. 동자의 마음과 노승의 마음이, 떠남과 보냄이, 만물(事)과 이치(理)가, 깨닫지 못했음과 깨달음이, 그리하여 중생과 부처가 하나가 되었을 때 비로소 보여줄 수 있는 아름다운 이별이다. 그 속에서 나는 이별이 얼마나 따뜻한 온기를 지녀야 아름다운가를 새삼 읽는다.

* 통일신라시대의 고승인 김교각(金喬覺). 당나라 「구화산화성사기九華山化城寺記」에 따르면 신라 성덕왕의 장자인 김교각 스님이 구화산 일대에서 수행하였다고 한다. 중국에서 지장보살의 현신으로 추앙받은 김교각 스님은 구화산에서 75년 동안 수행한 뒤 99살에 입적했는데, 썩지 않은 육신의 모습이 지장보살과 흡사했다고 전해진다. 그의 등신불은 지금도 구화산 육신보전에 모셔져 있다. 구화산은 오대산, 아미산, 보타산과 함께 중국 4대 불교 명산의 하나다.

부끄러움과
그리움 사이에서

휴정의 「고향에 돌아가서」,
김정의 「마음을 풀어내다」

답사라면 남에게 빠지지 않을 만큼 쫓아다니던 내게, 의외로 빈구석이 있다는 사실을 발견한 것은 그리 오래되지 않는다. 문화재 자료나 민속 자료를 찾아 우리나라 구석구석을 다니면서 사진을 찍고 촌로들의 증언을 채록하느라고 웬만큼 궁벽한 곳도 거의 밟아보았노라고 자부하던 나였다. 게다가 특별한 일이 없는 날이면 무작정 길을 나서기 좋아하는 내게 우리 강산이야말로 좋은 놀이터요 스승이었다. 그런데 나를 키워준 고향땅은 한 번도(!) 정식 답사를 한 적이 없다는 사실은 참으로 경이 그 자체였다. 도대체 무엇이 나를 그토록 고향에서 멀어지게 한 것일까.

중학교를 졸업하고 주변의 도시로 유학을 간 이래, 나의 삶은 방랑의 연속이었다. 명나라 말기 양명좌파(陽明左派) 중에서도 과격하기로 정평이 나 있는 이지(李贄)는, 끝없이 떠돌아다니는 도중 잠시 머무는 사람이라는 뜻으로 '유우객자(流寓客子)'라고 자호(自號)한 적이 있다. 누구나 변하지 않는 고향의 이미지를 가슴에 품고 한평생을 살아가지만, 곰곰이 생각해보면 그런 고향은 하나의 환상에 지나지 않는다. 세상에 변하지 않는 것이 어디 있으랴.

고향을 떠나는 순간 우리의 고향은 가슴에만 남아 있을 뿐, 현실적으로 존재하는 것은 아니다. 고향을 떠난 사람들만이 아니다. 그곳에서 온 생애를 살아가는 사람에게도 고향은 시시로 사라지고 변해간다. 몇십 년 만에 만난 초등학교 동창의 이야기를 들으며 그런 생각을 할 때가 있었다. 주변 친구들 얘기를 하다가 자연스럽게 우리가 다니던 학교 주변의 풍경이나 개울, 골짜기 등을 묻기라도 할라치면 그들은 어김없이 말한다. 예전의 고향은 가뭇없이 사라졌노라고, 그와 함께 우리의 어린 시절도 기억의 저편으로 사라졌노라고.

사실 우리가 고향을 떠올리는 계기에 정해진 틀이 있는 것은 아니다. 우연히 고향 사람을 만나거나 향우회, 동창회 같은 모임을 알리는 안내장을 받아들면 고향을 생각하는 것은 당연한 일이다. 그러나 고향과 전혀 관계가 없는 경우에도 고향 생각이 날 때가 있다. 책을 읽다가 불현듯 고향을 생각하는 경우도 많다. 늦은 밤, 창 너머로 보이는 먹빛 산을 바라볼 때도 고향이 떠오른다. 밥을 다 먹고 숟가락을 놓다가도, 아내와 말없이 앉아 과일을 깎아 먹다가도, 잠자는 아이의 얼굴을 바라보다가도, 새벽녘 신문 배달원이 문 앞에 신문 던지는 소리를 듣다가도, 똥을 누다가도, 나는 문득 고향을 떠올리는 것이다. 그렇다면 고향은 내게 멀리 떨어진 것이 아니라 나의 생활 그 자체였던 것일까. 나는 한 번이라도 고향을 떠나본 적이 있었을까.

서산대사(西山大師, 1520~1604, 법명은 휴정休靜, 호는 청허淸虛)의 시를 읽다가 그분들의 고향은 어떤 것일까 궁금해졌다. 어린 나이에 고향을 등지고 험난한 구도의 길로 들어섰을 때, 그들의 마음에서 고향은 삭제되었을 터였다. 구도의 길이 힘들 때마다 돌아갈 수 있는 집이 있다면 누가 깨달음을 향해 매섭게 걸어가겠는가. 스스로 모든 가능성을 끊어버리고 기약 없는 깨달음만을 향해 매진하는 이들에게 고향은 하나의 망념이었을 것이다. 그런데 그의 시 「고향에 돌아가서還鄕」를 보면 그 예상은 조금 빗나간다.

一行兒女窺窓紙	계집아이들 창틈으로 엿보고
鶴髮鄰翁問姓名	흰머리 이웃 노인 이름을 묻네
乳號方通相泣下	갓난아기 때 이름 대니 그제야 알고 서로 울다
碧天如海月三更	바다처럼 푸른 하늘에 달이 뜬 삼경

—휴정, 「고향에 돌아가서」, 『청허당집淸虛堂集』

스님이 어려서 고향을 떠났다가 다시 고향을 찾은 것은 서른다섯 살 때였다. 아홉 살에 부모를 잃고 양자로 들어가서는 열다섯에 지리산으로 출가한 그에게 고향은 그리움의 대상이었을지도 모른다. 어린 나이에 부모를 잃은 그로서는 고향이 부모의 흔적을 발견할 수 있는 유일한 곳이었다. 양부모 밑에서 계속 공부를 해서 열다섯에 성균관 진사시에 응시했다가 낙방하고는 그길로 지리산으로 달려가 출가하고 만다. 어린 나이에 겪은 갈등이 얼마나 심했을까.

그렇지만, 고향산천은 너무도 달라져서 자신과 인연 맺을 만한 것은 어디에도 없었다. 낯선 나그네의 출현에 마을길을 뛰놀던 계집아이들은 방으로 숨듯이 뛰어들어가서 창문 종이에 손가락으로 구멍을 내고 훔쳐본다. 계집아이들의 왁자한 소리가 일시에 사라지면서 묘한 고요와 긴장이 보인다. 호기심이 잔뜩 어린 얼굴이며, 낯선 이의 행동을 하나라도 놓칠세라 똥그랗게 뜬 눈이 행간에서 읽힌다.

아이들만 몰라보는 것이 아니다. 이웃집 노인도 세월의 자취 뒤안을 보지 못한다. 오랜 세월이 흐른 후 예전의 꼬마가 이제는 다 큰 장년으로, 그것도 승복을 걸치고 갑자기 출현하자 이웃집 노인도 몰라보는 것이 당연하다. 예전에는 검은 머리였을 이웃집 노인은 이제 학처럼 희디흰 노인으로 변해 있다. 그는 낯선 스님에게 어디서 오신 누구시냐고 묻는다. 스님은 젖먹이 적 이름을 댄다. 그제야 노인은 그를 알아보고는 서로 붙잡고 한바탕 눈물을 흘린다.

'방(方)'은 '바야흐로'라는 뜻으로 사용된 글자인데, 이 글자를 기점으로 해서 노인과 스님은 낯선 관계에서 세월을 거슬러올라가 하나가 되는 것이다. 울음 뒤에는 당연히 만단정화가 따르는 법, 서로 살아온

내력을 이야기하고 주변 사람들의 안부를 묻는 사이 어느새 달은 높이 떠 삼경(三更: 밤 11~1시)이 되었다. 행과 행 사이에서 시간의 흐름을 뛰어넘는 작자의 솜씨가 대단하다.

살아생전 이렇게 고향을 찾을 수 있다면 그것만으로도 행복한 일일는지도 모르겠다. 이제는 산목숨으로 귀향할 희망이 없는 사람에게 고향은 어떤 것일까.

海曲恒陰翳	바다 굽이 언제나 어둑하고
荒村盡日風	황량한 마을엔 종일 바람 분다
知春花自發	봄을 아는지 꽃 절로 피고
入夜月臨空	밤 들자 달은 하늘에 떴다
鄕思千山外	첩첩한 산 저편으로 고향 생각
殘生絶島中	끊어진 섬 안에는 겨우 붙어 있는 삶
蒼天應有情	푸른 하늘 응당 정 있으리니
何用哭途窮	어찌하여 막다른 길에서 통곡을 하랴

—김정金淨, 「마음을 풀어내다遣懷」, 『충암집沖庵集』

김정(1486~1521, 호는 충암沖庵)은 1519년 기묘사화(己卯士禍) 때 조광조 등과 함께 투옥되었다가 금산(錦山)으로, 다시 제주도로 유배된다. 제주도에서는 울타리 밖을 나가지 못하는 위리안치(圍籬安置) 처분을 받았는데, 결국 그곳에서 사약을 받고 죽는다. 기묘사화는 조광조를 비롯한 신진사류(新進士類)가 심정, 남곤 등의 일파에게 정치적 박해를 받아 여러 사람이 죽거나 귀양을 간 사건이다.

유배를 가면서 김정은 자신의 운명을 짐작했을 것이다. 다시는 살아 돌아오지 못할 뭍을 밟으며, 그의 발걸음은 참으로 착잡했다. 절해고도(絕海孤島), 새조차도 쉽게 다가오지 못하는 섬에서 그는 바다를 바라보며 고향을 생각했다. 그의 문집 곳곳에서 죽음을 예감하고 지은 시편을 발견할 수 있다. 이 시 역시 섬에 유배되고 난 후 지은 것이다.

들쭉날쭉한 해안선을 따라 항상 그늘지고 어둑어둑한 곳, 황량한 마을, 바람—김정의 거처가 그러했듯이 그의 마음 역시 항상 어둑하고 바람이 불었을 것이다. 꽃이 피고 달은 뜨지만, 오히려 그처럼 아름다운 풍광이 김정 자신의 현실을 더욱 비탄에 빠지게 한다. 그는 자신의 삶을 '잔생(殘生)'이라고 표현했다. 모든 불길 타버린 후 겨우 남아 있는 목숨이라는 뜻이다. 죽음은 어느새 주변을 서성거리고 있다. 나를 거부하는 현실 저편에 김정의 고향이 위치한다. 그의 고향은 부근에 있는 것이 아니라 천 개의 산 너머에 있다. '천산(千山)'이란 결코 넘어설 가능성이 없는 장애이면서, 동시에 그의 심리적 거리를 표현한다. 아득한 고향이다.

이 순간 김정의 삶을 붙들어주는 것이 푸른 하늘이다. 하늘에 부끄럽지 않은 일을 하다가 귀양 온 몸, 하늘은 김정 자신의 삶이 존재하도록 하는 근거이며 '잔생'을 부지하게 하는 동력이다. 그러니 길이 막힌 곳에서 통곡할 이유가 없다. 폭정을 피해 자연 속에 은거하여 시와 술로 세월을 보냈던 죽림칠현(竹林七賢) 중의 한 사람인 완적(阮籍)은 이따금 수레를 타고 막다른 산길까지 가서는 통곡을 하다가 돌아오곤 했다. 모든 것이 막혀서 더는 아무것도 할 수 없는 막다른 지점, 거기서 느끼는 아득한 절망감이 이 고사 속에 스며 있다. 그러나 김정은 막다른 길을 넘어서려는 의지를 강하게 드러낸다. 올바름에 대한 확신 때문에 가능한 일이다. 그렇지만 고향이 아득한 것만큼 하늘의 응답 또한 아득한 것이 아니겠는가. 이 시에서 김정의 처절함이 더 강렬하게 읽히는 것은 나만의 느낌일까?

돌아가본 적이 없으니 떠나본 적도 없는 고향. 고향을 생각하면 나는 언제나 부끄럽다. 옛 흔적을 찾는 휴정 스님의 통곡이, 절망 속에서 생각하는 김정의 고향이 부럽기도 하지만, 나는 여전히 부끄럽기만 하다.

고향으로 돌아가기

부휴선수의 시 몇 편

타향 속의 고향

20년 만에 가본 중학교 동창회에서 반가운 옛 얼굴들을 만났다. 처음에는 다소 서먹서먹한 얼굴들이었지만, 술이 한 잔씩 들어가고 얼굴에 화색이 돌자 우리는 20년의 세월을 쉽게 뛰어넘어 다시 중학교 시절로 돌아갔다. 대부분 고향을 떠나 객지 생활을 하고 있었는데, 그들은 마치 이 자리가 고향의 한구석이라도 되는 양 편안한 모습이었다. 내가 기억하지 못하는 사이에 어떤 친구는 나에 대한 아름다운 기억을 간직하고 있었고, 그 기억을 내게 이야기하며 눈물을 글썽인다. 술잔이 돌고 노래 한 곡조 귓전에 울리자 우리는 곧 열네 살이 되었다. 옛 얼굴들이 만나 옛이야기들을 하는 자리, 별조차 보이지 않는 서울 하늘의 밤이 빛나고 있었다.

살아 있다는 것이 얼마나 놀라운 일인가 깨달을 때가 있다. 내 몸의 기관 하나하나가 이렇게 정교한 메커니즘을 가지고 오랜 시간을 지탱한다는 사실이 참으로 놀랍다. 모세혈관과 모공(毛孔), 피부의 각질에 이르기까지 얼마나 정교하게 조직되어 있는가. 이 몸은 수십 년의 세월을 이승에서 지내다가 불현듯 다시 흙과 바람과 물과 불 속으로 사라진다. 그 오랜 시간 동안 나는 무엇을 하며 지냈는가. 사람의 아들로 태어나 사람의 아버지로 사라지는 시간 동안 내 마음자리는 어디에 숨어 있었을까. 그곳은 과연 마음의 고향일까. 왜 우리는 마음자리를 궁금해하는 것일까. 그곳이 고향이기 때문에 무의식중에 그리움을 발동시키는 것이 아닐까. 많은 의문이 꼬리에 꼬리를 문다. 정말 궁금하다, 내가 죽는 순간 나는 내 마음자리를 볼 수 있을까.

가을바람에 모든 나무들이 두어 계절 동안 입고 있던 허물을 벗고 그 본체를 드러내면(體露金風), 잠깐 사이에 세계는 겨울 풍경으로 바뀐다. 먼산에 눈이라도 내릴 기미가 보일라치면 스산한 마음이 더욱 감상적으로 변하기 십상이다. 내가 친구들의 얼굴에 비친 주름살을 더 인상적으로 본 것은 마음의 스산함 때문이었을 터이다. 가진 것 하나 없이 고향을 떠나 객지 생활을 하는 동안, 도와주는 이 없이 자기 삶을 일궈낸 그들의 마음속에는 아마도 수많은 상처가 생겼을 것이다. 그러나 옛친구를 만나 옛이야기를 하는 지금, 그들은 각자의 상처를 가슴에 숨기고 상처 없던 시절의 마음으로 지금 서로를 마주하고 있다. 나는 그렇게 믿는다.

서로 다른 삶을 살아왔으면서도 버성기는 표정으로 만났다가 순식간에 아름다운 얼굴로 만드는 힘은 무엇인가. 그것은 바로 고향의 힘이다. 가슴속에 공유하고 있는 아름다운 시절과 풍경이 들어 있기 때문에 쉽게 동화된다. 누구나 기억하는 학교 앞 미루나무와 낮은 키의 회양목 화단, 바람 불면 황토 날리던 운동장과 그 주변으로 푸른 잎을 뒤집으면서 바람에 몸을 꺾던 옥수수밭, 밀뱀 한 마리 잡아 굵은 소나무 둥치를 끊임없이 기어올라가게 하며 반나절을 보내던 교실 앞 솔숲, 삐걱거리는 교실의 마루를 통해 들리던 미술 선생님의 심장 박동의 미세한 떨림. 그 모든 것들이 우리 가슴속에 흔적으로 남아 지금도 고향을 간직하게 한다. 명절을 맞이해서 형식적으로 고향을 찾든, 아니면 인생의 전환점에서 마음 정리를 하기 위해 고향을 찾든, 고향은 일종의 묘한 마력으로 우리에게 힘을 준다.

고향을 찾아가는 길은 참으로 험난하다. 평생을 찾아다녀도 찾을 수 없는 곳, 결국은 내 마음속 어딘가에 있으리라며 위안을 삼는 곳, 그런 곳이 바로 고향이다. 나이들어 내 다니던 학교를 찾아가보고는 그 왜소하고 좁은 운동장과 주변의 나무들을 보며 실망했던 기억들을 누구나 가지고 있을 것이다. 이미 내 살아생전에 고향의 상실을 경험하면서 가슴속에 담긴 고향의 이미지를 찾아 끊임없이 방랑하는 것은, 어쩌면 인간의 슬픈 숙명일는지도 모르겠다. 그 고향은 가장 완벽

하고 아름다운 경계이다. 그러한 경계로 가는 길, 그러한 경계를 찾는 일, 그것이 바로 구도(求道)의 길이다.

외로움을 넘어 진여(眞如)의 바다로

부휴선수(浮休善修, 1543~1615)의 시에는 유난히 고향의 이미지가 자주 등장한다. 스님에게 고향은 어떤 의미를 가지는 것일까. 출가할 때 이미 속세의 인연을 끊어버리겠노라고 맹세를 했을 터인데, 왜 고향을 생각하고 그것을 시로 지어 흔적을 남기는 것인가. 부휴선수의 시를 읽으면서 가장 먼저 의문을 가지게 된 것이 바로 이런 점이다.

부휴선수의 속성은 김씨, 법명은 선수이며 호는 부휴이다. 전라북도 오수 출신이다. 그의 부모는 오래도록 자식이 없어서, 만약 자식을 얻게 되면 출가시키겠다는 서원을 하였다. 그러던 어느 날 신이한 스님 한 분이 나타나 구슬을 주자 이를 삼키는 꿈을 꾼 뒤 태기가 있어서 부휴를 낳았다고 한다. 기록에 의하면 부휴 스님은 어렸을 때부터 이미 뜬세상〔浮世〕을 떠나 출가하려는 뜻을 가졌다고 한다. 후에 지리산으로 들어가 신명(信明) 스님에게 머리를 깎고, 부용영관(芙蓉靈觀, 1485~1571)의 법맥을 잇는 직계제자가 된다(이런 점에서 보면 부휴 스님은 서산대사와 법형제간이다. 그러나 서산대사보다 23년이나 아래였으므로 오히려 제자인 사명대사와 친하게 지내면서 서산대사를 스승처럼 모셨다고 한다). 출가한 후 당대의 명재상이었던 소재(蘇齋) 노수신(盧守愼, 1515~1590)과 교유하면서 그의 책을 빌려 읽었는데, 7년 만에 그의 책을 모두 독파하였다고 한다. 게다가 글씨도 매우 잘 써서 당시 사명대사와 함께 양대명필로 꼽혔다. 또한 벽암각성(碧巖覺性, 1575~1660)을 비롯하여 취미수초(翠微守初, 1590~1668), 백곡처능(白谷處能, 1617~1680), 회은응준(晦隱應俊, 1587~1672) 등과 같은 뛰어난 제자들을 배출한 스승이기도 했다.

부휴 스님은 50대에 임진왜란을 맞이한다. 스님의 삶에서 어쩌면 가장 힘든 고난의 시기였을 임진왜란은 역설적이게도 수행의 힘을 가장 빛나게 했던 시기이기도 하였다. 승병장으로 활동하면서 살생과 계율의 문제를 깊이 고민한 흔적이 문집 곳곳에 숨어 있다. 서산대사나 사명대사와는 달리, 부휴 스님의 고민은 전쟁에 대한 소극적인 참여의 모습으로 나타났다. 수행자로서의 본분이 계율을 철저히 지키는 것에서 시작되는 것이라면, 전쟁이라는 상황은 한없는 갈등을 안겨주는 시기였다. 더욱이 승병장으로서의 역할은 그러한 갈등을 더욱 심화시키는 계기가 된다.

이러한 상황이 부휴 스님의 시에 외로움이나 쓸쓸함, 근심 등의 이미지가 자주 표출되도록 하는 주요인으로 작용한 듯하다.

滄溟近在寺門前	큰 바다 절 문 앞 가까이에 있는데
萬里鯨波杳接天	만리의 거센 파도는 아득히 하늘에 맞닿아

있네

數點漁舟孤島外　　몇 점 고깃배는 외론 섬 저편에 떠 있고
一聲啼鳥夕陽邊　　한 소리 우짖는 새 저녁 빛 속에 나다닌다

—부휴선수, 「낙산사의 현판의 운을 따라次落山懸板」, 『부휴당대사집浮休堂大師集』 권4

이 시의 주조는 인간의 근원적인 슬픔에 맞닿아 있다. 설명할 수 없는 슬픔이 몇 개의 점으로 떠 있는 고깃배와 석양, 우짖는 새 등의 풍경과 어울려 시 전반을 지배한다. 일견 감상적으로 비칠 만큼 농밀한 외로움 혹은 슬픔이 바로 부휴 스님 시의 특징이기도 하다. 이는 어쩌면 임진왜란과 같은 인간 세상의 가장 혹독한 시기를 거친 한 인간의 갈등일는지도 모르겠다. 단정할 수는 없지만 부휴 스님의 시가 다른 선사들의 시에서는 느낄 수 없는 인간적 슬픔/아름다움이 강하게 나타나는 것은 이 때문이 아닐까.

나아가 이러한 상황이 부휴 스님의 시에서 유난히 고향의 이미지를 차용하도록 하는 원인이 되었던 듯하다.

江湖萬里客　　강호에 멀리 떠난 나그네
落日獨憑欄　　저무는 해에 홀로 난간에 기댔다
山影沈江倒　　산그림자 강에 거꾸로 잠겼고
春禽帶暮還　　봄새 저녁 빛 띠고 돌아온다

鄕愁天外散　　고향생각은 하늘 저편에 흩어지고
歸意此中寬　　돌아갈 마음은 이 가운데 넉넉하다
縹緲烟霞裏　　아득히 안개와 놀 속에
巉巖幾百盤　　높은 바위는 몇백 층이나 서려 있다

—부휴선수, 「월정사의 운을 따라次月精寺韻」, 『부휴당대사집』 권2

사람살이가 애초에 고독한 것이기는 하지만, 특히 출가수행자의 경우 그 고독을 친구나 스승으로 삼고 살아가야 한다. 위의 시에서 자신을 '강호만리객(江湖萬里客)'이라고 인식하는 것부터가 심상치 않다. 이 구절은 부휴 스님의 처지를 두 가지 측면에서 잘 보여준다. '강호'에서는 속세를 떠나 자연 속에서 살아가고 있는 모습을 드러내며, '만리객'에서는 한곳에 정착하거나 안주하지 않고 끊임없이 떠도는 방랑자로서의 모습을 반영한다. 부휴 스님은 자신을 항상 자연 속에서 이리저리 부유하고 있는 존재로 생각했던 것이다.

더욱이 이 시의 배경은 저물녘이 아닌가. 산그림자가 강에 거꾸로 잠겼다는 표현에서 우리는 고요한 저녁 강을 떠올릴 수 있다. 물살 거칠게 흐르는 강이라면 어찌 사물의 영상을 비출 수 있겠는가. 해는 뉘엿뉘엿 서산에 떨어지고 산과 강은 고요한데, 봄빛 가득 담은 새 한 마리 둥지 찾아 날아들고 있다. 부휴 스님은 돌아오는 새의 모습에서 고향을 떠나 부유하는 자신의 모습을 강하게 느꼈을 터이다. 이 구절은 고요함과 움직임의 절묘한 조화가 돋보이는 부분이기도 하다. 산그림자 비친 고요한 강이 저녁 햇살에 반짝일 때 그 도저한 적막을 가르며 지나가는 새 한 마리는 참으로 천지개벽의 상징이라 할 만하다. 사정이 이렇다면 굳이 출가수행자가 아니더라도 존재론적 고독을 강하게 느낄 수 있을 것이다.

바로 이 순간이 고향에 대한 그리움을 증폭시키는 지점이다. 기억은 연쇄적으로 맞물리면서 그 시원(始源)을 향해 빠른 속도로 거슬러 올라간다. 그러나 고향 혹은 시원으로 돌아가는 길은 어렵기만 하다. 안개와 놀 속에 몇백 층이나 서려 있는 높은 바위는 나의 회귀를 장애하는 시적 상관물이다.

부휴 스님이 시에서 귀향의식을 자주 드러내면서도 상당수의 작품에서 외로움이나 슬픔 등과 연결 짓고 있는 것은 쉽게 돌아가지 못하는 먼 고향에 대한 안타까움의 발로이다. 고향은 한 인간이 태어나서 자란 현실적 공간이다. 그러나 단순히 그런 의미로만 쓰이지는 않았다는 것은 다음의 시로도 알 수 있다.

七十餘年遊幻海	70여 년 동안 허깨비 바다에서 노닐다가
今朝脫殼返初源	오늘 아침에야 벗어버리고 처음의 근원으로 돌아간다
廓然眞性元無碍	텅 빈 진성은 원래 걸림이 없는 것
那有菩提生死根	깨달음과 생사의 뿌리 어찌 있으랴

—부휴선수, 「임종게臨終偈」, 『부휴당대사집』 권4

육체적인 죽음에 앞서 비로소 세상이 허깨비와 같았음을 말하면서 초원(初源)으로 돌아간다고 말한다. 죽음 앞에서의 당당함과 함께, 우리는 부휴 스님이 시에서 끊임없이 말하는 고향이 현실적 공간만을 의미하는 것이 아니라는 사실을 확인할 수 있다. 걸림 없는 무위진인(無位眞人)의 자리, 허깨비 같은 허상을 넘어선 실상(實相)의 자리, 항상 성성하게 깨어 있는 마음자리, 바로 그곳이 부휴 스님의 고향이다.

여행의 끝은 어디인가

태를 묻은 곳을 떠나 천하를 주유하면서 사람들은 많은 경험을 한다. 그것은 일종의 모험이기도 하다. 바람 잘 날 없는 괴로움의 바다를 탐험하는 일이다. 빠르게 변화하는 세상살이에서 정신을 제대로 가누는 일도 힘든데, 내가 선/설 자리를 확인하고 결심을 굳게 다지는 일은 더욱 어렵다. 세상은 끊임없이 나를 흔들기 때문에 나 자신이 이미 혼란스러운 상태에 빠져버린 뒤이기 때문이다. 그러나 아무리 어렵고 힘든 일도 날이 가고 달이 가면 익숙해지는 법, 우리는 어느샌가 괴로움을 괴로움으로 인식하지 못하는 지경에 이른다. 더 심하면 괴로움을 즐거움으로 착각하는 전도(顚倒)된 생각을 가지기까지 한다.

바로 그때, 문득 정신을 차려보면 나는 고향과는 너무 멀리 떨어져 있다는 사실을 느낀다. 무상(無常)한 세상살이 속에서 고향은 언제나 서울 하늘의 별빛처럼 흐릿한 모습으로 너무나 멀리 떨어져 있다. 밤하늘의 별을 보며 항해를 한 행복했던 고대인들과 달리, 우리는 혼탁하고 듬성듬성한 별빛을 보며 살아간다. 그러나 고향은 다가가려고 애를 쓰면 쓸수록 멀어진다. 내가 자란 고향은 내 고향 친구들의 주름살처럼 늙는다. 삶에 부대끼면서 번민과 갈등의 시기를 거치고 나면 우리의 여행도 끝이 보인다. 아니, 그 끝을 발견하지 못해서 몇 겁을 윤회하며 구천을 떠도는 것일 터이다.

그렇다면 내 고향은 어디에 있는가. 변하지 않는 고향은 어느 자리에 있는가.

사라짐에 대하여

취미수초의 「의상대」

오랫동안 할머니를 잊고 지냈다는 생각이 들면 문득 할머니가 보고 싶어진다. 고구마를 깎아 먹을 때나 된장찌개에 밥을 말아 먹을 때, 혹은 한밤중에 깨어 우연히 아내의 얼굴을 볼 때 나는 할머니가 그리워지는 것이다.

사람은 향기로만 이루어진 존재가 아닐까. 무수한 향기의 입자들이 모여 한 사람을 만들었다가 인연이 다하면 그저 허공 속의 향기로 사라질 뿐, 이 세상에 흔적 하나 남기지 않는 것이 우리의 삶 아닌가 말이다. 사람을 만나면 그의 향기를 보고 느낀다. 그뿐만 아니라 우리는 그들의 향기를 듣기도 한다. 이미 가버린 사람의 향기를 떠올리며 그를 추억하기도 한다. 그러고 보면 그리움이란 사라지는 향기에 대한 안타까움의 표현이다.

사라지는 것을 안타까워하는 시선은 세상의 곳곳에 스며 있다. 안타까움이 세계를 만드는 본질적 요소인 양 생각될 만큼 우리의 삶은 사라짐과 그리움과 안타까움이 대종을 이룬다. 사라진 그녀를 그리워하고, 사라져가는 나의 세월을 그리워한다. 나이가 들수록 옛날이야기를 자주 하는 버릇은 아마 그리움의 다른 표현일 것이다.

세상 무엇 하나 사라지지 않는 것 없다는 사실을 우리는 모두 잘 알고 있지만, 누구도 사라지는 것을 기쁜 마음으로 받아들이려 하지 않는다. 사라짐에 대한 쓸쓸한 기억은 오랜 겁(劫)에 걸쳐 만들어진 것이라, 우리 세포 하나하나에 깊이 각인되어 있는 것처럼 보인다.

내가 처음 바다를 보았을 때를 기억한다. 어머니 손을 잡고 올라탄 기차에서였다. 기차에서 밤을 새우고 평명(平明) 무렵, 기대앉은 어머니의 뺨 저편에 드넓은 바다가 보였다. 어린 마음에 뜨거운 것이 턱, 하고 떨어졌다. 무한한 것이 주는 감동이었다. 이후에도 그러한 감동을 찾아 헤맸다. 그렇지만 내 가슴에 남는 것은 유한한 삶이었고, 사라지는 것들뿐이었다. 내가 사라지는 것에 관심을 끌게 된 것은 여기에서 비롯되었다.

모든 것이 사라지고 나면 남는 것은 무엇일까. 자못 엄숙하기까지 한 이 물음은 누구나 가슴속에 품고 있는 것이기도 하다. 그것이 의식의 표면으로 얼마나 떠오르는가 하는 차이만이 있을 뿐, 누구나 사라지는 것에 대한 의문과 호기심을 가지고 있다. 그렇지만 내게 있어서 상당 부분은 두려움의 형식으로 나타나는 것을 느끼곤 하였다. 그러면서 동시에 내 관심사로 떠오른 것이 영원성이었다. 사라지는 것들 저편에 과연 사라지지 않는 영원성을 지닌 무엇인가가 있지 않겠는가. 사라지는 것에 대한 아쉬움이 강하면 강할수록 영원성에 대한 탐구 역시 강화되는 것이었다. 영원함 속에서 살아간다면 결코 있을 수 없는 질문들, 예컨대 존재 자체에 대한 질문이 거듭되는 속에서 사라짐에 대한 근원적인 공포를 은미하게 느끼고 있었던 것이다. 무한함 속의 유한함이라는 조건이 존재에 대한 물음을 일으킨 것이라면, 그 이면에는 사라짐에 대한 절대적 전제가 숨어 있었던 것이다. 그러고는 사라진 것들의 향기를 찾아 먼길을 에둘러 지금 여기에 이른 것이다. 그 길은, 선배들의 희미한 족적을 지남(指南)으로 삼아 걸어온, 독서와 사유와 갈등 가득한 가시밭길이었다.

변화하는 것이 세계의 본질이라는 점을 깨달은 스님들에게 영원함에 대한 숭모는 애초에 없는 셈이다. 잠시 인연에 의해 만나 세계의 한 사물을 이루었다가 소리 없이 사라지는 것이 실상일진대, 어디에 영원성을 부칠 것인가. 취미수초(翠微守初)의 시에서 나는 영원함 이면의 사라짐을 읽을 수 있었다.

倚壁千年樹	절벽에 의지한 천년 나무
凌虛百尺臺	허공에 솟아오른 백 척 의상대
神僧去無跡	신이한 스님 가뭇없이 사라지고

雲外鶴徘徊　　　구름 저편 학만이 배회한다

—취미수초, 「의상대義湘臺」, 『취미대사시집翠微大師詩集』

제월경헌(霽月敬軒, 1542~1632)에게 출가하여 부휴선수(浮休善修)의 추천으로 벽암각성(碧巖覺性)의 법맥을 이은 수초 스님이 전국 명산을 유력할 때 지은 것으로 보인다.

천년 세월을 견뎌온 의상대 절벽 위의 소나무는 언제나 늠름한 기상을 자랑하고 있다. 의상대 역시 반공(半空)에 우뚝 솟아 바다 옆에서 언제나 당당한 모습이다. 아무리 거센 동해의 파도라도 넓은 가슴으로 부딪치는 의상대의 모습에서는 자못 위엄이 느껴졌을 것이다. 그러나 의상대사는 그저 의상대라는 이름으로만 남아 있을 뿐, 어디에도 그의 자취는 없다. 사라져 아무것도 남지 않은 곳에 학 한 마리가 배회할 따름이다. 위풍당당함을 느낄 수 있는 전반부와, 사라진 것에 대한 담담한 마음을 느낄 수 있는 후반부의 시적 배치가 절묘하다.

겉으로는 영원함을 가장하고 있지만, 종국에는 사라져 허공에 흩어질 것들. 내쉬는 한숨 속에 영겁의 세월이 사라진다. 희미한 향기만을 남길 뿐이다. 사라짐을 보고, 향기를 들을 수 있는 자 누구인가.

꽃송이 하나에
우주를 담고 있지만

임억령의 「자방에게」

산꿩이 울자 온 산이 연초록 물결로 가득하다. 아니, 그 반대일지도 모르겠다. 바람이 살랑거릴 때마다 수많은 나뭇잎이 연초록 아기 손을 내밀면서 하늘을 향해 흔든다. 진달래는 올해의 흔적만을 남기고 사라지는데, 어느새 그 자리에서 철쭉이 화사하게 웃음을 들이민다. 매화는 이미 졌고, 벚꽃이며 개나리, 온갖 봄꽃들이 지나가는 계절을 장식하면서 전송이라도 하듯 피었다가 지곤 한다. 그늘진 골짜기에도 이미 진달래는 지고 철쭉의 붉은빛이 자리하고 있다. 이맘때면 언제나 산자락에는 조팝나무가 하얀 이를 가지런히 드러내며 함박웃음을 짓는 아이처럼 무리를 지어 피어나고, 산중턱에는 군데군데 산벚꽃이 만발한다. 동네 뒷산에서 꿩이 우는 것은 바로 이즈막이다.

주말이면 늘 뒷산을 오른다. 산 아래쪽에 대학이 있는 탓인지, 일요일 오후면 대학생쯤으로 보이는 청춘들이 왁자하게 이야기꽃을 피우며 산을 오른다. 그들의 이야기와 웃음도 여느 꽃에 못지않은 아름다움을 지니고 있다. 저들은 인생의 봄날을 지나고 있다는 것을 알고나 있을까? 풀과 나무는 자신이 피워내는 꽃들로 인해 이 세상을 얼마나 화사하게 만드는지 알고 있을까? 그들은 저마다의 생을 살아가고 있고, 그 생에서 어쩌면 가장 아름답고 화사한 시절을 보내고 있을 터이다. 그러나 그들의 봄날이 얼마나 아름다운지 모르고 지나가듯이, 우리도 우리의 청춘이 얼마나 아름다운지 모르는 채 흘려보낸다.

이런 상념에 잠겨 묵묵히 걷다가 산길이 막 꺾어지는 곳에 이르러 잠시 발걸음을 멈추고 눈을 들어 주변을 살피면, 어느새 나는 연녹색 바닷속에서 유영하는 듯한 환상에 젖는다. 가장 흔하게는 신갈나무가 쥐고 있던 아기 잎을 처음으로 펴면서 푸른빛을 토해내고 있다. 단풍나무도 푸른 잎을 막 펼쳐서 바람을 맞고 있다. 저 잎들도 언젠가는 가을의 강렬한 빛으로 바뀌겠지만, 역시 지금 그들이 보여주는 연초록의 생명력에는 절대 미치지 못한다.

봄비, 낙화, 가는 봄

시골 출신인 내게, 봄은 여전히 꽃이 피는 순서로 기억된다. 오늘처럼 산꿩이 울 때면 봄의 끝자락에 서 있다는 의미였다. 옛사람들도 꽃이 피는 순서와 함께 봄이라는 시간을 작게 나누어 시기마다 피는 꽃을 적시해놓았다. '이십사번풍(二十四番風)'이 바로 그것이다. 소한(小寒)부터 곡우(穀雨)에 이르는 기간을 24개의 시기로 나눠서, 해당 시기를 대표하는 꽃을 든다. 그 꽃이 핀다는 소식을 전해주는 바람을 '화신풍(花信風)'이라고 한다. 그래서 이십사번풍은 '이십사번화신풍(二十四番花信風)'이라고도 한다.

그렇지만 근래 들어 부쩍 순서에 맞는 꽃소식이 줄어드는 듯하다. 심지어 꽃이 먼저 피었다가 떨어지고 나면 잎이 돋는 품종들이 꽤 있었는데, 요즘은 꽃과 잎이 동시에 피어나는 모습을 보곤 한다. 우리나라 기후의 변화 때문이라고 하지만, 그래도 예전의 봄이 우리에게 전해주는 꽃소식이 틀어지는 것 같아서 섭섭한 마음이 든다. 가는 봄을 전송이라도 하듯 꽃이 핀 곳을 찾아 서성거리노라면 어느새 하루해가 비낀다.

날씨가 부쩍 더워지고 산록에 푸른빛이 한층 짙어지면 봄날도 우리 곁을 떠날 채비를 한다. 그럴 때면 늘 인근의 산을 찾아 종일 앉아서 꽃이며 풀이며 나무에 스치는 바람을 보곤 했다. 딱히 이유는 없었지만, 나도 모르는 사이에 그런 방식으로 한 해의 봄을 마음에 담아두고 싶었던 모양이다.

古寺門前又送春　　오래된 절 문 앞에서 또 봄을 보내나니

殘花隨雨點衣頻　　남은 꽃은 비를 따라 점점이 옷에 붙네
歸來滿袖淸香在　　돌아올 제 소매 가득 맑은 향기 남아 있어
無數山蜂遠趁人　　수없는 산벌들이 멀리까지 따라온다

—임억령林億齡, 「자방에게示子芳」, 『석천시집石川詩集』 권7

생각해보면 봄의 끝자락에서 꽃을 보며 멍하니 앉아 있는 버릇은 어제오늘의 일이 아니다. 학창 시절에도 그 버릇은 종종 나타나곤 했다. 내가 다니던 학교 교정에는 개나리와 겹벚꽃이 동시에 만발해서 무성한 꽃숲을 이루고 있었다. 얼마나 무성했던지 봄이면 언제나 꽃숲 아래쪽으로 터널이라고 해도 과언이 아닐 정도의 깊고 은밀한 공간이 만들어졌다. 봄 햇살이 아름다워서 눈이 부신 날이면 모든 수업을 작파하고 꽃숲 아래로 숨어들었다. 책 한 권이면 하루가 어느새 지났다. 내가 그 속에서 지내는 일이 많다는 것을 아는 친구들은 이따금 막걸리 두어 병을 손에 들고 그곳으로 찾아왔다. 그러고는 옆에서 말없이 술을 따라 마시다가 사라졌다. 나는 책을 보다가 때로는 달콤한 낮잠에 빠졌다가 혹은 친구들과 실없는 이야기를 주고받았다. 그렇게 봄날 하루가 가고 집으로 돌아갈 때면 내 몸은 온통 노랗고 붉은 빛으로 물드는 것 같았고, 몸에서는 꽃향기가 풍기는 듯했다.

임억령(1496~1568)의 시를 처음 읽었을 때 나는 홀연 스무 살 무렵의 꽃숲 속에 앉아 있는 것 같은 느낌을 받았다. 오래된 절 문 앞에서 또 봄을 전송한다고 했다. '또〔又〕'라는 글자를 썼으니, 그가 이곳에서

봄을 전송한 일은 어쩌면 여러 해째 계속되고 있을지도 모르겠다. 그것은 두보의 명편 「강남에서 이구년을 만나다江南逢李龜年」의 결구(結句), "낙화시절우봉군(落花時節又逢君, 꽃 지는 시절에 또 그대를 만났구려)"의 '又' 자가 가지는 절묘함을 떠올리게 했다.

세월이 흐를수록 자신이 맞이할 봄의 숫자가 줄어드는 걸 절감한다. 어쩌면 오래된 절 앞에서 자신의 낡은 모습을 돌아보았을지도 모르겠다. 봄비가 내리자 꽃은 지고, 남은 꽃잎들은 내리는 비에 쓸려 옷에 붙는다. 처연한 느낌마저 드는 이 풍경 속에서 임억령은 자방(子芳, 『석천시집』 권4의 주석에 의하면 자방은 이란李蘭을 말한다)과 함께 고요히 서 있다. 봄비 그치고 집으로 돌아가는 길, 옷에 묻었던 꽃잎 탓인지 아니면 그 꽃잎을 털어내지 않았던 탓인지, 온몸이 꽃향으로 가득하다. 산벌이 떼를 지어 쫓아오는 것을 통해서 그 향기를 우리에게 보여주고 있다. 참으로 아름다운 봄날의 풍경이 아닌가.

꽃잔치 속에 스민 슬픔

만물이 생동하면서 저마다 자신의 색깔을 피워내는 봄은 말 그대로 생명의 계절이다. 어디서든 크고 작은, 다채로운 꽃들이 피어난다. 봄의 화려함은 작은 꽃들의 향연으로 완성된다. 꽃송이 하나에 우주가 담겨 있지만, 그 우주들이 저마다의 세계를 드러내며 서로 공명하는 것이 바로 봄이 만들어내는 예술이리라. 그러나 내게는 그 화려한 봄 한켠에 왠지 모를 슬픔 같은 것이 느껴지곤 했다. 청춘 시절에는 미처 알아차리지 못했던 그 슬픔은 세월이 한 해씩 갈 때마다 봄을 맞은 내 마음을 슬며시 흔드는 것이었다. 그렇게 산에 올라 산꽃들을 바라보며 하염없이 앉아 있을 때, 봄이 자신의 흔적을 지우며 사라지고 있었다.

산 아래로 보이는 강물은 서서히 비끼는 햇살에 반짝이고, 저 건너편 산은 푸르스름한 이내에 잠겨 어디론가 달음박질치고 있다. 생강나무의 노란 꽃들도 이제는 스러질 무렵, 언제부터 피기 시작했는지 모를 산벚꽃이 산록 곳곳에서 봄날의 마지막을 수놓고 있다. 젊은 청춘들의 왁자한 웃음소리도 어디론가 사라지고, 나는 작고 여린 연녹색 잎들이 온몸으로 토해내는 이 봄의 한가운데를 종단하고 있다. 산꿩이 운 것은 바로 그 순간이었다. 산꿩의 울음소리와 함께 온 산이 고요해졌고, 봄날이 속절없이 가고 있었다.

죽음,
거품 같은 안식에 대하여

이지천, 이명한, 임탄의 시

대학 다닐 때, 우연히 친구의 죽음을 만났다. 방학이라고 딱히 할 일도 없고 해서, 폭염 속에 어디를 돌아다니느니 차라리 방안에 틀어박혀 책이나 읽겠노라고 작정을 한 터였다. 전화도 흔치 않아서, 자취방 주인집의 전화가 아니면 연락이 안 되던 때였다. 여름의 햇살이 비끼는 저물녘, 주인집 아줌마가 전화를 받아보라며 방문을 두드렸다. 갸웃거리면서 전화를 받았다. 수화기를 통해 전해온 소식은, 뜻밖에도 친구의 부음이었다. 부근의 강으로 물놀이를 갔다가 심장마비로 익사했다는 것이다. 전화를 끊고 한동안 망연자실 앉아 있었다. 며칠 전까지만 해도 즐겁게 담소를 나누던 그가 아니었던가.

마음을 추스른 나는 즉시 화장터로 갔다. 먼저 연락을 받은 친구

여럿이 와서 술잔을 기울이고 있었다. 지금은 화장장 주변으로 아파트가 빽빽하게 꽂혀 있지만, 당시는 지방 소도시의 외곽에 있어서, 밤이면 이상한 기운이 주변을 어슬렁거리곤 했다. 밤새도록 술잔을 기울이면서 우리는 별로 의미도 없는 이야기들을 주고받으며 허허롭게 밤하늘을 쳐다보았다. 날이 밝고, 친구의 육신은 불길 속으로 들어갔다. 그가 지상에서 잠시 빌려 썼던 몸을 불길에 태우는 동안, 우리는 다시 밤을 새워 꺼칠해진 얼굴들을 맞대고 술잔을 기울였다. 그때였다. 화장장에서 일하는 인부 한 분이 우리에게 다가왔다. 그는 우리가 권하는 술잔을 시원하게 들이켜고는 얼른 자리를 일어섰다. 그리고 무심하게 말했다.

"요즘은 시설이 좋아져서 화장 시간이 얼마 안 걸리지. 예전에는 장작을 때서 했기 때문에 반나절은 좋이 걸렸을걸."

그에게 화장이란 하나의 직업에 불과했다. 슬픔에 잠겨 있던 우리에게 그의 말은 너무도 야속하고 비정한 말로 들렸다. 스쳐지나가듯 툭, 던진 그의 말이 아직도 생생하게 뇌리에 남아 있는 것은 무엇 때문일까.

여러 인연이 잠시 만났다가 사라지면 아무것도 아닌 몸이라지만, 죽음이란 여전히 내 마음의 큰 짐이다. 사람이 죽으면 추억만 남아, 살아 있는 이들을 괴롭히거나 추억에 잠기게 하는 법이다. 누구나 한 번은 겪어야 하는 일이 죽음이라지만, 죽음을 대할 때마다 경건해지거나 묵직한 표정에 잠기는 것은 우리 같은 범인(凡人)들로서는 어쩔 수가 없는 일이다. 누구는 자신이 죽을 날짜를 알고 미리 죽음을 기다렸다고 했고, 어떤 사람은 죽을병에 걸린 것을 알고 자신이 이 세상에 남긴 흔적을 모두 정리하고 죽음을 담담히 맞았다고 했다. 어떤 이는 앉아서 죽었다고 했고 어떤 이는 길을 가다가 홀연 쓰러져 죽었다고 했으며, 어떤 사람은 남이 일찍이 시도하지 못했던 방법을 물어본 다음 서서 죽었다고도 했다. 이렇게 죽음을 자신의 페이스 속으로 끌어들여와서 굴복시킨 이들의 얘기를 들을 때마다 나는 죽음에 대한 인간들의 공포와 그것을 극복하기 위한 끝없는 노력을 생각하곤 했다.

그러나 역시 내게 있어서 죽음이란 하나의 기억이다. 10년 전, 할머니가 돌아가셨다는 소식을 들은 날 새벽에도 그랬다. 곤한 잠에 빠져 있는 내게 홀연 부음이 날아들었다. 새벽 첫차를 타고 집으로 갔더니, 이미 할머니는 관에 들어가 누워 계셨다. 마지막 모습을 끝내 내게 보여주지 않으셨다. 이후 십여 년이 지났건만 할머니는 내게 하나의 기억으로 온전히 살아 계신다. 사라짐, 돌아올 기약이 전혀 없는 떠나감, 이런 것들이 죽음을 만드는 큰 골조들이다.

我淚尙堪拭	내 눈물 오히려 닦을 수 있나니
終當隨日忘	끝내 날이 가면 잊어버리겠지
忍將何說話	차마 무슨 말을 하랴
歸慰爾爺孃	돌아가 네 부모 위로해드려야 할 텐데
恍惚如相對	황홀히 서로 마주한 것 같아서

驚呼旋覺亡　　놀라 불러보면 문득 너 없음을 깨닫는구나
回看學步女　　걸음마 배우던 너 돌이켜보며
猶自倚書床　　스스로 책상에 기댄다

—이지천李志賤, 「종질을 추모하며挽從姪」, 『기아箕雅』

종질의 죽음 앞에 무슨 말을 할 수 있을 것인가. 어린 종질은 무심히 땅속으로 돌아갔고, 이제 남은 사람들은 슬픔에 잠겨 어쩔 줄을 모른다. 그러나 종질의 부모를 위로해야 하는 지은이로서는 참으로 난감할 따름이다. 날이 갈수록 잊힐 종질의 모습이지만, 아들을 잃은 부모에게는 뭐라고 위로를 할 수 있을 것인가. 이지천(생몰년 미상, 호는 사포沙浦)은 어린 종질의 죽음 앞에서 할말을 잊는다. 아무 일 없었다는 듯이 환하게 웃으며 방문을 열고 들어올 것만 같은 느낌은 누구나 느끼는 감정이다. 놀라서 이름을 불러보면 텅 빈 허공만이 분분하게 흩날리고 있다. 현실적 부재(不在)를 절감하는 순간, 이지천은 종질에 대한 기억을 되살린다. 걸음마를 배우던 어린아이, 저 순수 덩어리를 이제는 내 눈으로 볼 수가 없다는 슬픔이 쏟아진다. 책상에 기대는 것은 바로 그러한 기억들이 작자 주변을 감싸고 있는 것의 상징적 표현이다.

兄弟相隨拜父母　　형제가 서로 따라 부모 뵈오니
地中還似世間無　　땅속도 이 세상과 비슷한 건가
君歸細報吾消息　　그대 돌아가서 내 소식 자세히 전해주게

令妹逢君必問吾　　　영매가 그대 만나면 반드시 내 안부를 물을 테니

—이명한李明漢, 「분서의 만사汾西挽」, 『대동시선』

이명한(1595~1645, 호는 백주白洲)은 조선시대 한문사대가(漢文四大家) 중의 한 사람인 이정구(李廷龜, 1564~1635, '이정귀'라고도 읽는다. 호는 월사月沙)의 아들이다. 그는 여러 편의 시조도 남긴 바 있는, 정감이 풍부한 인물이었다. 위의 작품에서도 그의 섬세한 감각은 유감없이 발휘되고 있다.

형제가 이어서 돌아가신 부모님을 따라 세상을 뜬 것으로 보인다. 이명한의 상상은 저승 역시 이승과 비슷하게 가족들이 모여서 사는 것이 아닐까 하는 것으로 이어진다. 시에서 승구(承句) 마지막 글자인 '無'는 '~인가 아닌가' 하는 선택형 의문문을 만드는 글자이다. 말하자면 두번째 구절은, 땅속 세상도 오히려 인간 세상과 같은가 같지 않은가 하고 묻는 구절인 것이다. 그러고는 세상을 하직한 분서(汾西)에게 부탁한다. 그대의 누이가 그대를 만나면 분명 이승에 있는 나의 안부를 물을 터이니 내 소식을 자세히 전해달라고 말이다. 아주 가까웠던 가족 관계를 짐작게 하는 이 시는, 이미 돌아가신 저승 사람들조차도 같은 공간으로 끌어들여 거대한 공감의 고리를 형성하고 있다. 게다가 '분서'가 박미(朴瀰, 1592~1645)의 호라면, 이들은 같은 해에 죽은 셈이 된다. 함께 만년을 맞이한 사람으로서, 이제 곧 벗의 뒤를 따라 저승

으로 간다는 생각을 하면 이명한이 만들어내는 공동의 공간—저승과 이승의 구분을 넘어서 만들어내는, 슬프지만 푸근한 공간이 참 인상적이다.

한 사람의 죽음을 앞에 두고 그와 관련된 여러 사람에 대한 추억과 그리움으로 이 시는 이루어져 있다. 예전에는 사람이 죽었을 때 반드시 만사(輓詞) 혹은 만시(輓詩·挽詩)를 지었다. 만시란 죽은 사람이 살아생전 했던 업적을 칭송하고 그의 덕을 기리는 내용으로 이루어졌으며, 아울러 고인에 대한 끝없는 그리움과 슬픔을 토로하는 형식이었다. 그렇게 만시를 올리는 것은 하나의 예의였다. 글에 익숙하지 않은 사람은 글을 잘 짓는 사람에게 찾아가서 대신 만시를 지어달라고 부탁해서 그것을 가지고 장례에 참석하기도 하였다. 이처럼 만시는 죽음을 기본적인 소재로 하여 개인적인 관계와 슬픔의 정도를 드러내는 중요한 형식이었다.

風流處士別孤山	풍류 처사를 외로운 산에서 이별하니
雪滿溪橋鶴影寒	시내 다리엔 눈 가득하고 학 그림자 차갑다
一片詩魂招不得	한 조각 시혼 부를 수 없지만
先春應共早梅還	봄 오기 전 이른 매화와 함께 돌아올 테지

—임탄林坦, 「처사를 곡함哭處士」, 『대동시선』

이따금 이런 생각을 해본다. 내가 죽으면 내생에는 무슨 꽃으로 피어날까. 이런 생각이 들 때마다 주변의 꽃들을 예사롭지 않게 돌아보게 된다. 매화는 매서운 추위를 견디고 아직 봄소식이 아득할 때 남 먼저 피어서 봄을 알리는 고결한 꽃이기 때문에 선비들의 사랑을 받았다. 더욱이 그 향기는 봄에 화려한 자태를 뽐내는 꽃들과는 달리 은은하기 그지없다. 방안에 매화라도 한 송이 피어나기라도 하면 그 방에는 매향이 가득찬다. 정작 방안에 있을 때는 그 향기를 못 느끼지만, 잠시 방을 비웠다가 들어갈 때면 문을 여는 순간 내 가슴속까지 끼쳐오는 매화 향기를 어찌 잊을 수 있겠는가. 은은하되 결코 자신의 향기를 잃지 않는 매화가 얼마나 새삼스러운가 말이다.

임탄(생몰년 미상, 호는 한정閒亭)이 이별한 풍류 처사는 아마 자신의 시우(詩友)이자 도반(道伴)이었을 터이다. 아름다운 벗은 내 삶을 아름답게 만든다. 이승을 살아가는 동안 나와 알고 지내는 사람이 얼마나 될 것인가. 수많은 사람 중에 그들과 인연을 맺는다는 것은 참으로 소중하다. 물론 내가 아는 모든 사람이 내게 아름답고 소중한 인연은 아닐 것이다. 그러나 그들이 내게 어떻게 대하든, 내가 그들을 생각하는 마음이 아름답고 소중하다면 그들은 내 삶의 벗이요 스승이다.

먼길을 떠나 이승에서는 기약 없는 인생이 되었고, 그의 시혼(詩魂)을 부를 길 바이없지만, 이른 봄에 피는 매화에서 그의 향기를 간취할 수 있으리라는 기대를 한다. '선춘(先春)'이라는 표현도 참 맛이 있다. 이 구절은 '매우 이른 봄'이라는 의미가 있지만, 한편으로는 '봄이 오기 직전'이라는 뜻을 함유한다. 말 그대로 '봄보다 먼저의 시간'이 아닌가.

천지는 여전히 백설로 가득하고 곳곳에서 부는 칼바람에 살이 에이는데, 그 힘들고 차가운 계절 속에서도 봄을 먼저 전하는 이른 매화의 향기로 벗이 되살아남을 예감하는 것이다.

우리가 죽음에 겁을 먹고 있는 것은 아마 죽음을 잘 모르기 때문일 것이다. 이승보다 훨씬 넓고 안온할지도 모르는 다른 세계를, 잘 모른다는 이유로 두려워한다. 반면 세상 저편의 또다른 세계를 경험한 도인들은 죽음을 전혀 다른 방식으로 인식하기도 한다.

人生命若水泡空	사람의 목숨이란 텅 빈 물거품 같아
八十餘年春夢中	팔십여 년 삶이 봄꿈 속이었네
臨終如今放皮俗	임종하는 지금에야 가죽 부대 던지니
一輪紅日下西峰	둥근 붉은 해 서쪽 봉우리에 진다

—태고보우太古普愚, 「임종게臨終偈」, 『태고화상어록太古和尙語錄』

태고보우(1301~1382)는 고려 말 국사(國師)였다. 그는 1382년 여름, 자신이 머물던 절을 떠나 갑자기 용문산 상원암으로 돌아온다. 그해 12월 17일, 약간의 병색을 보이더니, 23일 제자들을 모두 불러모은다. 그러고는 '내일 유시(酉時: 저녁 5~7시)에 죽겠다'고 이야기한다. 다음날 새벽, 목욕재계한 후 가사장삼을 갖춰 입고 유시를 기다려 임종게를 읊은 후 열반에 들었다고 한다.

팔십 노구에 위대한 선객이었던 태고 선사의 경계를 어찌 알 수 있겠는가마는, 스님이 죽음을 맞는 태도에서 어디에도 얽매이지 않는 당당함만은 강렬하기 그지없다. 시절인연이 이 몸을 잠시 이런 모습으로 만들어놓았지만, 깊이 살펴보면[觀] 실재는 없는 것, 그야말로 물거품과 같다. 바다와 물결/물거품의 비유는 익히 알려진 것이거니와, 파도가 칠 때는 물결과 물거품이 일지만 바다가 고요해지면 파도와 물거품도 바다의 본모습으로 돌아가는 법이다. 부질없었던 거품의 인연이 다하니 바다로 다시 돌아가는 것은 당연한 일, 그러한 줄을 알고 돌아갈 때가 되어 돌아가는 노승의 모습이 얼마나 당당하고 아름다운가. 거대한 태양이 붉은빛을 내며 서산에 걸려 있는 모습에서 우리는 스님의 기세를 읽는다. 해가 서산에 걸리는 것은 그리 대수로울 것도 없고, 그리 슬퍼할 일도 아니다. 아름다우면 아름다운 대로, 장엄하면 장엄한 대로, 그 선명하고 강렬한 이미지를 받아들이면 그뿐이다. 죽음도 그런 거라고, 스님은 담담하게 진술하고 있다.

이따금 나는 죽음을 생각한다. 베란다에서 산을 바라보다가 발을 헛디뎌 떨어질 수도 있고, 운전 부주의로 다른 차와 부딪칠 수도 있으며, 어느 날 홀연 병에 걸려 연기처럼 스러질 수도 있는 것 아닌가. 그렇다면 일생일대의 큰일인 죽음 앞에서 나는 얼마나 당당할 수 있을까. 어쩌면 당당해지자고 마음을 다잡을 사이도 없이 죽음은 나를 덮칠지도 모를 일이다. 준비하기도 전에 죽음이 닥친다면, 심약하고 겁이 많은 나로서는 참으로 고마운 일이 아닐 수 없다. 그러나 내가 죽음을 준비해야 하는 처지라면 나는 죽음을 어떻게 대할까 하고 생각해보는 것이다.

다시 생각해본다. 죽음은 무엇을 가리키는 것인가. 어쩌면 이승과 저승의 경계선을 죽음이라는 이름으로 잠시 부르는 것은 아닐지. 내가 태어나기 전 나는 이승을 두려워했을지도 모를 터, 그러면 우리는 죽음을 넘어 저편으로 가는 순간, 전혀 색다른 경험과 세계를 대할지도 모르는 일이다. 이승과 저승의 경계에서 서성거리며, 아직 다가오지도 않은, 어쩌면 일찍이 존재한 적도 없는 죽음을 두려워하고 그것을 고민하는 것은 아닌지도 모르겠다. 그렇다면 죽음이란 내 마음이 만들어내는 내 영혼의 그림자이며, 내 삶의 고단함이 갈구하는 거품 같은 안식일지도 모르겠다.

솔잎 향 가득했던 추석 전날

최영년의 『해동죽지』를 읽으며

장마 때문에 여름다운 여름을 보내지는 못했지만, 그래도 틈틈이 비친 볕 때문인지 제법 가을 분위기가 난다. 농산물 작황이 좋지 못해서 걱정이기도 하지만, 그래도 가을의 풍성한 이미지가 마음을 다독이는 듯하다. 절기 풍속은 언제나 시대를 반영하기 마련이다. 예전의 풍속이 사라져간다고 걱정하는 분들이 더러 있기는 하지만, 그것은 우리의 삶이 바뀐 탓이지 일부러 풍속을 없애기 때문은 아니라는 생각이 든다. 세월이 흘러 우리의 뒷세대가 21세기 초반의 풍속을 바라보면 어떤 모습일까 하고 상상해보기도 한다.

한가위 명절을 쇤 것은 그 유래가 오랜 것으로 보인다. 『삼국사기』에 추석의 유래를 설명하는 기사가 등장하기도 하지만, 일본의 승려인

엔닌(圓仁)이 9세기 중반에 당나라를 여행하면서 쓴 기행문인 『입당구법순례행기入唐求法巡禮行記』에도 간단한 일화가 전한다. 엔닌이 일본을 떠나 당나라를 여행할 때 신라인들이 모여 사는 곳을 지난다. 그곳에서 그는 신라인들이 8월 15일을 명절로 여겨서 음식을 만들어 먹고 고향 생각을 한다고 했다. 그런 것을 보면 추석 명절은 꽤 오랜 전통이다.

시골 출신인 내게 어린 시절의 추석은 언제나 다양한 과일과 송편으로 연상된다. 집 옆에는 커다란 밤나무가 한 그루 있었는데, 아침에 일어나 그 옆을 지날라치면 밤사이 떨어진 밤들이 길섶 여기저기 떨어져 있었다. 꽤 굵은 밤톨을 몇 개 주워서 겉껍질을 대충 까고 속껍질을 이로 긁어내고 먹는다. 약간은 쌉싸름한 맛과 함께 신선하면서도 달콤한 밤맛이 온몸을 긴장시킨다.

추석이 하루이틀 앞으로 다가오면 나는 언제나 할머니와 함께 솔잎을 따러 간다. 큰 그릇을 하나 들고 할머니 뒤를 따라 산에 오르면 숲은 온통 솔밭이다. 푸른 하늘을 배경으로 동네 너머 저편을 바라보면 동해가 슬며시 보였다. 나는 그 자리가 좋아서 소를 먹이러 다니거나 땔감을 하러 다닐 때 그곳에 한참이나 머물러 서서 먼 바라기를 하곤 했다. 추석 무렵의 하늘은 정말 푸르러서, 내 마음속에 가을 하늘은 늘 그 빛으로 연상된다. 바람도 여름과는 달라져서 몸안의 기운을 솟구치게 만들고, 구름도 괜히 깊은 흰빛으로 보인다. 그럴 즈음이면 나는 상상의 나래를 한껏 펴면서 공상삼매경에 빠진다.

멀리서 할머니가 부르는 소리가 들린다. 얼른 삼매경에서 빠져나와 뛰어간다. 깊은 솔밭 안으로 들어가면 거기서 솔잎을 따기 시작한다. 가을의 솔잎은 유난히 탱탱하면서도 윤기가 흐르는 듯하다. 여름 햇빛에 튼실하게도 여물었다. 한참을 따다보면 어느새 큰 그릇에 수북이 쌓인다. 그것을 가지고 집으로 돌아오면 평상에서는 이미 송편 빚기가 한창이다.

뒤란에 솥을 걸고 끓이던 물에서 김이 솟아오르면, 그 안에 무명 보자기를 펴고 솔잎을 깔아서 골고루 편 다음 송편 빚은 것을 올려놓는다. 그리고 한참을 찐 뒤 솥뚜껑을 열면 향긋한 솔잎 향기와 함께 먹음직스러운 송편이 하얀 김 사이로 보인다. 그 순간이야말로 어린 내게는 추석의 정점에 해당한다. 떡을 좋아하지는 않아서 자주 먹지는 않지만, 뒤란에서 풍겨오던 향긋한 솔잎 향과 송편 찌는 냄새는 지금도 내 감각을 자극한다.

훗날 최영년(崔永年, 1856~1935)의 『해동죽지海東竹枝』를 읽다가 추석을 노래한 한시를 보면서 나는 어린 시절의 추억을 그와 공유하는 듯한 느낌을 받았다.

嘉俳明月到中央	한가위 밝은 달이 한가운데에 이르면
一碧長空桂子香	온통 푸른 넓은 하늘에 계수나무 향기 가득해라
萬戶新蒸松葉餠	집집마다 솔잎 송편 새로 쪄낼 때

輕衫已覺露華凉　　　얇은 적삼엔 이슬 기운 서늘한 걸 이미 느낀다

—최영년, 『해동죽지』 중에서

푸르디푸른 하늘 한가운데에 한가위 달이 떠오르면 집집마다 송편 찌는 향기와 함께 가을의 서늘한 기운이 새삼스럽게 살아난다. '계수나무 향기〔桂子香〕'는 달을 의미한다. 달 속에 계수나무가 있고 그 밑에서 옥토끼가 방아를 찧고 있다는 말 때문에 나온 표현이다. 딱히 해설이 필요치 않을 만큼 위의 시는 추석 풍경을 생생하게 그려낸다.

푸른 가을 하늘이 여름 하늘의 푸름과 다르다는 것을 알고, 바람이 계절에 따라 달라진다는 것을 알고, 송편을 쪄서 꺼낼 때 설핏 풍기는 솔잎 향을 기억하는 나이가 되었다. 해마다 만나는 추석 풍속이 어느새 달라졌다는 걸 느끼지만, 여전히 우리에게 추석은 풍성한 이미지를 던져준다. 넉넉한 마음으로 우리가 살아왔던 지난여름을 돌이켜보고, 다가올 겨울을 생각한다. 세상에 변하지 않는 것이 어디 있으랴만, 그 넉넉함이 우리 마음속에 오래도록 자리하기를 기대해본다.

편지의 아름다움에 대하여

장적의 「가을 생각」,
박순의 「조처사의 산속 집을 방문하다」

편지를 써본 지가 얼마 만인지 모르겠다. 사람들 사이에 소식을 전하는 일이 점점 쉬워짐에 따라 연필을 들고 붓방아를 찧어대며 편지를 써본 때가 언제인지 참으로 아득하다. 메일로 서로의 안부를 묻고, 전화로 필요한 것을 처리하는 요즘, 정말 편지 쓰는 일이란 한갓진 일 중의 하나가 아닐 수 없다. 아름다운 편지를 읽는 일은, 웬만한 시 한 편 읽는 것보다 더 가슴 떨릴 때가 있다. 그의 삶이 스며 있고, 그의 웃음이 행간에 어리며, 그의 마음 씀씀이가 구절마다 배어나올 때면 편지 읽기가 그렇게 행복할 수가 없다. 더욱이 직접 손으로 쓴 편지임에랴.

대학 선배 중에 참 아름다운 편지를 쓰는 분이 있었다. 그는 내게 편지를 쓸 때마다 기발함과 정성스러움으로 놀라움과 감탄을 가져다

주었다. 한번은 이런 일이 있었다. 군에 입대한 선배에게 소식이 없다가 오랜만에 편지 한 장이 날아왔다. 오월의 햇살이 눈부시던 대학 교정으로 날아온 편지였다. 소식이 궁금하던 차에 반가운 마음으로 뜯어보니, 뜻밖에 백지만 달랑 한 장 들어 있는 것이었다. 사실 지금이야 별로 놀랄 일도 아니지만, 당시로서는 신기하고 기발한 편지였다. 그런데 놀라움 반, 실망 반으로 백지를 들척이던 내게 무슨 낙서 같은 것이 눈에 들어왔다. 백지는 꽤 큰 종이였는데, 오른쪽 아랫단에 아주 작은, 거의 눈에 보이지 않을 정도의 작은 글자 몇 개가 있었다. 딱 한 줄이었다.

"너무 외로워."

백지인 줄 알고 무심코 던져버리면 놓쳐버릴 수도 있는 그런 글귀였다. 그 글을 읽는 순간, 군에 입대한 후 겪었을 그 선배의 외로움과 힘듦, 그런 것들이 밀물처럼 느껴지는 것이었다.

내게 형제 이상의, 한죽(寒竹)이라고 하는 친구가 있다. 매일 붙어다니다시피 하던 우리는, 대학을 졸업하고 떨어져서 생활해야 했다. 당시 나는 강원도 영동 지역의 한 고등학교에서 교사 생활을 하고 있었고, 그 친구는 방위 생활을 하면서 춘천에서 지냈다. 다달이 춘천에 가면 항상 그 친구의 집에서 잤기 때문에 우리는 자주 만나는 편이었다. 그런데 뜬금없이 엽서 한 장이 학교로 날아들었다. 그 친구의 엽서였다. 다른 내용은 아무것도 없고, 오직 시인 김종삼이 타계했다는 것뿐이었다. 그 소식을 받고 내내 우울했다. 우리에게 적어도 편지는 그러한 것이었다.

편지를 써서 봉투에 넣고 그것을 부치러 가는 시간은 정말 원숭이보다 더 부산한 마음이다. 그 사람을 생각하고, 편지 내용 중에 빠진 것은 없는지 생각해보고, 행여나 편지를 써놓고 빈 봉투만 들고 갈세라 햇빛에 편지 봉투를 비춰보기까지 한다. 부치고 돌아오면서는 혹시 주소라도 잘못 쓰지나 않았는지 내내 찜찜해하기 일쑤이다. 이런 심정을 담은 시가 있다.

洛陽城裏見秋風	낙양성 안에서 갈바람 보고
欲作家書意萬重	집에 보낼 편지 쓰려니 생각은 만 겹
復恐怱怱說不盡	총총히 쓰느라 할말 못다 했을까봐
行人臨發又開封	가는 사람 떠나려 할 제 또 한번 뜯어본다

—장적張籍, 「가을 생각秋思」

장적(755?~830?)은 대문장가 한유(韓愈)의 고임(寵愛)을 받았던 시인이다. 악부체에 능해서 당대 많은 사람들에게 사랑을 받았다. 지은이는 아마 벼슬 때문에 집을 떠나 낙양에서 생활하고 있는 듯하다. 가을바람이 불자(작자는 가을바람을 촉각으로 감지한 것이 아니라 시각으로 감지한다) 불현듯 가족 생각이 간절하다. 집을 떠나보면 항상 가족이 생각나는 것은 아니다. 바쁜 생활 속에서 그리운 사람들을 잊고 지내다가, 어떤 계기가 되면 '불현듯' 그이들이 생각나는 법이다. 김소월이 절

창으로 토해낸 것처럼. "그립다/ 말을 할까/ 하니 그리워." 평소에는 그냥 그립다가, 내가 그이에게 그립다고 말을 해볼까 생각하는 순간, 그리움은 걷잡을 수 없이 밀려든다. 원래 그리움이란 그런 것이 아니겠는가.

중국 한시에서 가을바람은 고향을 떠올리게 하는 매체로 작동할 때가 있다. 진(晉)나라의 장한(張翰)이 고향의 맛 순챗국과 농어회를 잊지 못해서 홀연 벼슬을 버리고 돌아간 것도 바로 가을바람의 장난이었다. 그게 바로 그 유명한 순갱노회(蓴羹鱸膾) 고사의 전말이 아닌가.

근대를 만들어낸 무시무시한 괴물, 우편제도가 없던 시절에는 편지를 쓰고 싶어도 전해줄 방법이 없는 경우가 흔했다. 그런데 마침 고향으로 가는 사람(行人)이 있다. 그 참에 가족들에게 편지를 써야 하는데, 너무도 촉박하다. 부랴부랴 그리움을 몇 자 담아서 봉투를 봉하고 나니 여전히 미진함이 남는다. 그래서 길 떠나려 할 즈음 다시 봉한 편지를 뜯어서 확인하는 것이다. 가족에 대한 그리움, 편지를 전할 수 있다는 기쁨, 촉박한 시간에 부랴부랴 편지를 쓰는 모습, 그러나 다시 봉투를 뜯어 확인해보는 마음까지, 이 시에는 편지에 관한 모든 것이 다 들어 있다.

편지를 잘 쓰는 사람들이 있다. 하지만 나는 허균(許筠, 1569~1618, 호는 교산蛟山, 성소惺叟, 학산鶴山)만큼 아름답고 다양한 편지를 쓰는 사람을 쉽게 발견하지 못했다. 그의 편지는 이런 식이다.

"적막한 겨울밤, 눈 녹은 물을 부어 새로 만든 차를 달이는데, 불은

활활 타오르고 물맛은 좋으니, 이 차맛이야말로 제호(醍醐)*나 다름이 없습니다. 공(公)께서 어떻게 이 맛을 알겠습니까?"(「최천건에게 보내는 편지」 중에서)

고요한 겨울밤, 홀로 앉아 눈을 녹여 차를 끓이다가 그 맛에 겨워 편지 한 장을 쓴다. 편지에는 아직도 다향(茶香)이 배어나오지 않는가. 또, 이런 편지는 어떤가.

"처마의 빗물은 쓸쓸히 떨어지고, 향로의 내음은 살살 풍기는데, 지금 친구 두엇과 함께 소매 걷고 맨발인 채, 방석에 기대어 하얀 연꽃 옆에서 참외를 쪼개 먹으며 번다한 생각들을 씻어볼까 하네. 이런 때 우리 여인(汝仁: 허균의 지우 이재영李再榮의 자)이 없어서는 안 될 테지. 자네의 사자 같은 늙은 아내가 반드시 으르렁거리면서 자네 얼굴을 고양이 면상으로 만들 것이겠지만, 늙었다고 해서 움츠러들어서는 아니 될 것이야. 문에 우산을 들려서 대기시켜놓았으니, 가랑비쯤이야 피할 수 있으리. 빨리빨리 오시게나. 모이고 흩어짐도 늘상 있는 일이 아니니, 이런 모임이 어찌 자주 있겠는가. 흩어진 뒤에는 후회해도 돌이킬 수 없으렷다."(「이재영에게 보내는 편지」 전문)

이 정도라면 친구의 술자리 모임을 어찌 거절할 수 있겠는가. 비 오는 여름날, 벗들과 앉아서 한담을 나누며 참외를 깎아 먹는 정경도 다정스럽지만, 그 자리에 없는 친구를 생각하고는 하인에게 우산을 들려서 몇 자 적은 편지를 띄운다. 허구한 날 어울려서 술을 마시는 남편을 야속하게 생각하는 아내야 호통을 치며 못 가게 하겠지만, 그래도 이런 자리에 빠진다면 안타까운 일이다. 게다가 아름다운 유혹 가득한 편지까지 날아왔음에랴.

적어도 내게 편지란 이런 것이었다.

그렇다면, 아름다운 편지의 힘에 이끌려 벗들이 노는 자리에 나간 이재영은 어떻게 되었을까. 기록에서는 후일담을 찾을 수 없지만, 조선 중기의 뛰어난 시인 박순(朴淳, 1523~1589, 호는 사암思菴)의 시를 읽으면서 뒷일을 상상에 맡길 수밖에 없다.

醉睡山家覺後疑	술 취해 산집에서 잠들었다 깨어나니
白雲平壑月沈時	흰구름 산골짝에 달 잠길 때
翛然獨出脩林外	재빨리 혼자 일어나 깊은 숲 빠져나오니
石逕笻音宿鳥知	돌길에 지팡이 소리, 깃든 새가 알아챈다

―박순, 「조처사의 산속 집을 방문하다訪曺處士山居」, 『사암집思庵集』

지우(知友)의 산속 집을 찾아갔다가 술을 한잔 하게 되었다. 그러고는 취해서 잠들었는데, 깨보니 정신은 몽롱하고 사태 파악은 잘 안 된다. 고개를 돌려 밖을 바라보니, 흰구름 뜬 넓은 골짜기에 달이 막 잠기고 있다. 밤이 깊어 새벽으로 가는 중이다. 부랴부랴 혼자 일어나서 깊은 숲속을 빠져나와 집으로 향한다. 고요한 산길, 돌에 부딪히는 지팡이 소리에 잠자던 새들이 알아차리고 기척을 한다는 것이다.

술꾼들이면 아마 몇 번씩은 겪었을 법한 일이다. 벗들과 정담을 나

누다가 한잔하게 된 것이, 예정에 없이 대취하게 되는 것이야 술꾼들의 일상사 아닌가. 그러나 술에서 깨보면 몽롱함 속에서 시간이 훌쩍 건너뛰었음을 알아차리고, 그제야 다급하게 일어나 그곳을 빠져나온다. 다른 벗들은 여전히 잠에 빠져 있으니, 행여나 깰세라 몰래 빠져나와 집으로 향하는 길은 참으로 허허롭다.

이렇게까지 나의 상상이 이르면 허균의 편지는 그 맛을 많이 잃어버린다. 그러나 이렇게 상상해본들 무슨 문제가 있겠는가. 편지의 짧고 긴 사연에서 시작한 이 글 역시, 어떻게 끝날지는 나도 몰랐던 일이었으니.

* 제호(醍醐)는 우유에 갈분을 타서 만든 맛있는 죽을 뜻한다.

2부

진흙소가
바다로 들어가
아득해지니

어디 장쾌한 일 좀 없을까

정약용의 「이 또한 장쾌하지 아니한가」

개구리 소리가 초여름 더위를 시원하게 가로지르며 차창 안으로 들어온다. 검은 산의 실루엣만이 들판 저편에 누워 있고, 사방은 온통 별빛이다. 무더운 여름밤, 시외로 나와서 길가에 앉아 개구리 소리를 듣는 것은 참으로 여름의 별미가 아닐 수 없다. 고적한 밤, 아무도 없는 한적한 길에서 오직 보이는 것은 별빛이요 들리는 것은 개구리 소리다. 이따금 바람이 불어올 때마다 이마에 미세한 떨림과 스침이 감지된다. 그와 함께 논물에 비쳤던 별빛이 은미(隱微)하게 일렁인다. 여름밤의 맛을 꼽으라면 나는 주저 없이 이러한 정경을 꼽겠다.

세상 번우한 일에 심신이 피곤할 때면 나는 어김없이 서점을 찾는다. 서점의 크고 작음은 괘념치 않는다. 딱히 살 책이 있는 것도 아니다. 일상에 지친 아줌마들이 백화점을 어슬렁거리며 스트레스를 풀듯, 나는 책방을 어슬렁거림으로써 나의 피로를 푼다. 책 제목을 훑어보거나 괜히 책장을 넘기면서 목차를 보는 것이다. 독서삼매경에 빠지는 것도 좋지만, 책방유람삼매경 또한 적지 않은 즐거움을 준다.

몇 년 전, 순천 송광사에서 겨울을 보낼 때였다. 하루는 방에 앉아서 책장을 넘기고 있는데, 밖에서 스님 한 분이 들어오는 것이었다. 눌러쓴 회색 빵떡모자와 등에 짊어진 바랑에는 눈을 가득 이고 숨이 턱에 차서 소릴 지르셨다.

"폭설이야."

나는 방문을 열었다. 문밖은 온통 눈발로 가득했다. 개울 건너편 대숲이 눈에 가려 보이질 않았다. 스님이 자리에 앉더니 다구를 꺼내 차를 달여내셨다. 방바닥은 절절 끓는데 방문을 활짝 열어놓고 앉아서 차 한잔 마시는 맛을, 사람들은 정말 알 수 있을까?

예전에 중국 명나라 말기 김성탄(金聖嘆)의 글을 읽었던 생각이 난다. "겨울밤에 술을 마시는데, 어쩐지 추위가 더하기에 창을 열고 내다보니 손바닥 같은 함박눈이 이미 서너 치나 내려 쌓인 것이었다. 이 또한 장쾌하지 아니한가."

김성탄은 『서상기西廂記』에 평론을 가하면서 앞머리에 '불역쾌재(不亦快哉)'라는 내용의 글을 쓴 바 있다. 거기서 그는 30여 가지 이상이나 되는 장쾌한 상황을 글로 옮겼는데, 각 조항은 항상 '또한 장쾌하지 아니한가'라는 말로 끝을 맺었다. 거기에는 읽으면서 한참을 낄낄거렸던 이런 글도 있었다. "아침에 잠을 깨보니 사람들이 탄식을 하면서 누가 죽었다고 한다. 급히 불러서 물어보니 성안에서 가장 인색했던 바로 그 녀석이라 한다. 이 또한 장쾌하지 아니한가."

이런 글은 어떤가. "10년 동안이나 헤어져 있던 친구가 저물녘에 갑자기 찾아왔다. 문을 열고 한 번 읍(揖)을 한 후, 뱃길로 왔는지 아니면 육로로 왔는지 물어보지도 못하고, 또한 평상에 앉으려는지 책상머리에 앉으려는지 물어보지도 않고 잠시 인사나 주고받은 뒤 안으로 재빨리 뛰어들어갔다. 그리고 아내에게 슬며시 물었다. '혹시 소동파(蘇東坡)의 아내처럼 당신에게도 술이 좀 있소?' 그러자 아내는 흔쾌히 금비녀를 빼서 주는데, 대강 계산해보니 사흘 먹이는 충분하구나. 이 또한 장쾌하지 아니한가."

조선 후기 학자였던 다산(茶山) 정약용(丁若鏞, 1762~1836)도 같은 제목으로 시를 쓴 바 있다. 그는 「불역쾌재행不亦快哉行」이라는 제목으로 연작시 20편을 지었다(제목에 들어 있는 '行'이란 글의 형식 중의 하나다).

篁林孤月夜無痕	대숲 외로운 달, 밤에도 흔적 없는데
獨坐幽軒對酒樽	깊은 집에 홀로 앉아 술동이 마주했다
飮到百杯泥醉後	백 잔이나 마셔서 흠뻑 취한 뒤에
一聲豪唱洗憂煩	한 소리 호탕한 소리에 번우한 일 씻어보니
不亦快哉	이 또한 장쾌하지 아니한가

—정약용, 「이 또한 장쾌하지 아니한가不亦快哉行」(20수 중 제14수)

당시 정약용은 서학(西學) 문제에 관련되어 유배 생활을 하고 있었다. 그가 유배 생활을 하면서 겪었던 어려움은 널리 알려진 바 있거니와, 그 와중에도 학문에 대한 끝없는 열정이나 굳건한 정신 자세는 참으로 놀라운 데가 있다.

술을 마시는 사람들을 보면 두 부류가 있다. 여러 사람이 모여서 마셔야 술을 마신 것 같다는 사람이 있는가 하면, 혼자 마셔야 술의 맛을 즐긴다고 하는 사람도 있다. 주량이 약한 나로서도 술은 여럿이 마시는 것보다 역시 혼자서 천천히 마시는 것이 제격이라는 생각이다. 술잔이 거듭될 때마다 세상의 소리는 귓가에서 멀어지고, 취기가 강하게 느껴질 때마다 새로운 흥취가 솟아난다. 평소에는 긴장되어 있던 나의 근육도 서서히 자신의 방패와 창을 내려놓고 어느샌가 무장해제된 채 속살을 드러낸다. 그럴 때면 세상의 더러운 욕망에서 멀리 떠나 전혀 새로운 차원의 세계를 발견한다. 천지자연과 벗이 되는 일은, 긴장된 근육으로는 도저히 도달할 수 없다. 긴장된 근육은 나도 모르는 사이에 날카로운 비수가 되어 나의 의식을 방어하기 일쑤다. 술을 마시면 그 방어체계는 서서히 허물어지고, 이완된 근육과 함께 세계가 온통 나의 벗으로 다가온다.

여럿이 마실 때에는 이완된 근육 저편에 여전히 자리하고 있는 강력한 방어체계가 있다. 함께 마시는 사람들에 대한 경계의 눈초리를 숨기고 있을 때가 많기 때문이다. 그러나 혼자 술잔을 들 때면 전혀 다르다. 우선 나를 바라보는 인간들의 시선은 사라지고, 오직 나의 성성

(惺惺)한 마음만이 남아서 그 자태를 오롯이 드러낸다. 긴장으로 가득했던 눈빛이 새롭게 열리고, 욕망으로 막혔던 나의 귀가 다시 열리며, 온갖 더러운 음식으로 얼룩졌던 나의 입맛이 돌아오고, 기타 모든 감각의 미세한 부분까지 새롭게 인식된다. 그럴 때 우리는 천지자연과 비로소 소통할 수 있다. 아름다운 세상, 주변의 온갖 것들이 내 몸으로 들어온다.

그러나 이렇게 이완된 감각으로 세상을 받아들이다보면 세상과 절연된 나의 모습 속에서 나의 삶이 혹은 나의 감성이 일시에 침체되기 십상이다. 혼자서 술을 마시다 자주 울음을 터뜨리는 사람들이 빠지는 함정이다. 정약용은 바로 이런 점을 경계하고 있다. 그의 술 마시기는 혼자 이루어지는 행위이지만, 그 속에 호방하고 장쾌한 기상을 담고 있다. 그는 술 마시기를 통해 천지자연과 소통 가능한 경계에 이르자 돌연 노래를 불러 젖힌다. 한 소리 거친 노래는 자신의 마음속을 드러내는 것이면서 동시에 천지자연을 향해 발산하는 자기 몸의 우주적 기운이다. 곤죽이 되도록 취한 상태에서 돌연 소리를 질러 천지자연과 소통하는 그 맛이 얼마나 장쾌하겠는가. 이러한 마음은 그의 연작시 중 다른 시편에서도 발견할 수 있다.

岧嶢絕頂倦遊筇	높디높은 산꼭대기 노닐던 지팡이 쉬노라니
雲霧重重下界封	구름 안개 첩첩이 인간 세상 막았다
向晚西風吹白日	저물녘 서풍이 밝은 해에 불어오자

一時呈露萬千峰　　일시에 드러나는 무수한 산봉우리
不亦快哉　　이 또한 장쾌하지 아니한가

—정약용, 「이 또한 장쾌하지 아니한가」(제5수)

높은 산에 오른 것으로 보아 작자의 삶이 인간 세상과는 멀리 떨어졌음을 알 수 있다. 산속을 이리저리 서성거리다가 문득 산꼭대기에 올라가 아래를 내려다본다. 구름과 안개는 첩첩이 덮여 세상이 범접하지 못하게 한다.

자신이 위치하고 있는 청정한 곳과 뭇사람들이 살아가고 있는 세상 사이에 자연물을 위치시킴으로써 확실한 구분을 짓는 시적 장치는 그 유래가 오랜 것이다. 예컨대 한국 한문학의 비조라 일컬어지는 최치원(崔致遠, 857~?, 호는 고운孤雲)의 시에서도 이와 비슷한 표현이 발견된다. 그는 「가야산 독서당에 씀題伽倻山讀書堂」이라는 작품에서, "세상의 시비 소리 귓가에 이를까봐, 짐짓 물소리로 산을 온통 감쌌다(常恐是非聲到耳, 故敎流水盡籠山)"고 읊은 바 있다.

정약용 역시 이 작품에서 구름과 안개를 이용하여 모든 것에서 절연된 자신의 처지를 읊는다. 그러나 결정적으로 최치원과는 그 입각점을 달리하는 부분이 있다. 최치원의 작품은 세상 만물을 보지 않으려고 자연물을 이용하였지만, 정약용은 자신의 삶을 의도적으로 유폐시키기 위해 구름과 안개를 이용한 것이 아니다. 따라서 최치원은 물소리가 되도록 크게 나서 세상의 소리를 막아주기를 바라는 입장이라면, 정약용의 경우에는 운무가 걷혀서 천지 만물의 모습을 한눈에 볼 수 있기를 바라고 있다. 이러한 입장의 차이는 세계에 대한 작자의 시선을 단적으로 구별짓는 것이기도 하다.

정약용의 한시 중에서 이렇게 호방한 느낌을 주는 작품은 흔치 않다. 유배 생활의 어려움에도 불구하고 정약용은 여전히 드높은 정신 경계를 견지하고 있었으며, 이러한 삶의 자세가 시로 표현된 것이다. 그가 도달한 정신 경계를 이 연작시 속에서 찾아본다면 이런 작품이 아닐까.

漁舟容與綠波間	푸른 물결 사이에서 고깃배로 즐기다가
風露三更醉不還	바람 이슬 가득한 삼경, 취해서도 배 돌리질 않네
歸雁一聲驚破睡	돌아가는 기러기 한 소리에 놀라서 잠을 깨니
蘆花被冷月如彎	찬 기운 스민 갈대꽃에 활처럼 휜 달
不亦快哉	이 또한 장쾌하지 아니한가

—정약용, 「이 또한 장쾌하지 아니한가」(제16수)

한낮, 고적함의 중심에서

기대승, 성운의 시

잠의 유혹은 너무 강렬해서 좀처럼 뿌리치기 어렵다. 오죽하면 수마(睡魔, 잠귀신)라고 했겠는가. 잠은 잘수록 느는 법이라며 무수히 자신을 경책하지만, 조금이라도 틈을 보이면 순식간에 잠의 유혹 속으로 끌려들어간다. 더욱이 밤늦도록 잠을 못 이루는 내 버릇 때문에 낮잠은 너무도 달콤하다. 어쩌다가 바빠서 낮잠 자는 시간을 놓치기라도 하면, 나는 하루의 일을 마무리하지 못한 것 같은 찜찜함으로 다음날을 맞는다. 죽으면 어차피 긴 잠을 잘 터인데 살아생전에 잠자는 일이 뭐 그리 즐길 일이겠느냐며 타박을 한대도 어쩔 도리가 없다. 따스한 봄 햇살이 향기로운 날이거나 흰눈 쌓인 산 저쪽에서 가벼운 볕이 흘러들어오는 오후라면 낮잠은 깨달음처럼 다가온다.

요즘처럼 바쁜 일상을 사는 우리에게 낮시간은 즐기는 대상으로 느껴지기가 어렵다. 어쩌다가 번화한 도심에서 사람들을 볼라치면 정신없이 걷거나 뛰어다니는 사람들이 새롭게 다가온다. 귀에 이어폰을 꽂고 음악을 듣거나 누군가와 핸드폰으로 통화를 하면서, 또는 손에 든 서류를 뒤적이면서 다니는 사람들을 우두망찰하다보면 낮의 분주함이 낯설기만 하다. 그럴 때면 이내 낮잠을 떠올리곤 하는 것이다.

이런 생각을 할 때가 있다. 조선시대 선비들은 한낮에 무엇을 하며 지냈을까. 혹시 그들 중에도 나처럼 낮잠을 즐기는 사람이 있었을까. 아무리 근엄함이 지배하는 중세라 하더라도 역시 사람 사는 세상이야 어디나 마찬가지 아니었을까 싶다. 잠의 유혹이 얼마나 강렬했으면 '수마'라는 단어까지 있었겠는가 말이다. 이런 생각을 하며 기대승(奇大升, 1527~1572, 호는 고봉高峰)의 한시를 읽으면, 근엄한 유학자의 인간 냄새를 맡을 수도 있을 것이다.

前庭小草挾風薰	앞뜰 작은 풀들 바람 타고 향기로운데
殘夢初醒午酒醺	흐릿한 꿈 막 깨어도 낮술 달콤하다
深院落花春晝永	깊숙한 후원 꽃 떨어지고 봄날은 긴데
隔簾蜂蝶晚紛紛	주렴 저편 벌 나비 저물녘에 어지러이 난다

—기대승奇大升, 「우연히 쓰다偶題」, 『고봉집高峯集』 권1

서정적 자아는 봄날 낮잠에서 막 깨어난 시점을 노래한다. 긴 봄날

낮술 몇 잔에 취기가 돌아 자신도 모르게 잠이 들었던가보다. 뜨락 앞에는 작은 풀들이 바람에 향기를 날리고 있다. 사람이 찾아오지 않으니 뜨락엔 풀이 자라지만, 사람이 살고 있으니 황폐한 잡초가 무성한 정도는 아니다. 그래서 '소초(小草)'라고 표현했을 법하다. 향긋한 풀냄새에 설핏 들었던 낮잠이 깼나보다. 아직 꿈결에서 완전히 빠져나오지 못한 상태인데다가 잠들기 전에 마신 낮술 몇 잔의 취기가 조금은 남아 있는 상태이다. 잔몽(殘夢)이란 우리말로 표현하기 어려운 말이다. 꿈을 꾸다가 깨어났지만 여전히 꿈결을 떠다니는 상태, 즉 아직 마치지 못한 꿈을 가리키는 말이 잔몽이다. 이 시에서 가장 몽환적이면서도 시의 분위기를 잘 표현하는 구절이 바로 승구(承句: 제2구)이다.

나른한 봄날 오후, 낮잠에서 깨어나 바라보는 경물(景物)이 얼마나 새로웠던가. 아직 정신은 비몽사몽간이고 희미한 눈길로 바라보는 봄날 깊숙한 뜨락의 봄 풍광은 참으로 표현하기 어려운 안온함과 나른함, 그 몽환적 분위기가 던져주는 미묘한 정취가 있다. 서정적 자아는 바로 그 점을 남아 있는 술기운과 함께 드러낸 것이다. 그런 눈길로 바라보니 깊숙한 정원에는 꽃잎이 지고 있다. 봄날은 정말 길기도 하다. 문 앞에 드리운 주렴 사이로 저녁 무렵 비끼는 햇살이 스며들고, 저편으로는 벌과 나비가 어지러이 날고 있다. 꿈결처럼 꽃잎이 비스듬한 햇살 사이로 날리는 것인지, 벌과 나비가 어지러이 날아다니는 것인지, 쉽게 분간이 되지 않는 몽롱함이 감지된다. 봄날을 한껏 즐기는 벌과 나비의 부산한 움직임을 통해 작자는 고요한 집안의 분위기를 효과적으로 드러내고 있다. 고요한 뜨락의 봄날 풍광이 벌과 나비의 어지러운 날갯짓과 대비되면서 고적감을 한층 짙게 만든다.

기대승은 이황의 문하에 왕래하면서 이황이 성리학적 논의 구도를 완성하는 데에 중요한 역할을 했던 인물이다. 조선 성리학의 정점에서 활동했던 인물의 작품이라고 생각하기에는 이 시는 너무도 몽환적이다. 그렇지만 엄정한 선비들도 알고 보면 우리와 같은 살과 뼈를 가진 사람들 아니겠는가. 조선시대 선비들보다 이 시대의 우리가 훨씬 근엄하게 살고 있지나 않은가 돌이켜볼 일이다.

낮잠만이 유일한 즐거움은 물론 아니다. 한낮의 한가함과 적막함을 즐기는 사람의 시로 다음과 같은 것도 있다.

夏木成帷晝日昏	여름 나무 장막 되어 한낮에도 어둑한데
水聲禽語靜中喧	고요 속에 물소리 새소리만 들렐* 뿐
已知路絕無人到	알겠구나, 길 끊어지면 오는 사람 없지
猶倩山雲鎖洞門	산 구름 골짝 입구 막은 것 외려 어여뻐라

—성운成運, 「한낮 대곡에 앉아 우연히 읊다大谷晝坐偶吟」, 『대곡집大谷集』 권상

이 시는 여름 한낮의 풍경을 묘사하고 있다. 여름이 되어 녹음이 무성해지면 집 주변은 온통 푸른 커튼을 두른 듯하다. 무성하다못해 한낮에도 오히려 어둑한 기운이 감돈다. 생각만 해도 서늘한 산속 집

에 들리는 건 오직 물소리와 새소리뿐이다. 물소리나 새소리는 처음 얼마간은 귀에 와 닿는 것을 느끼지만 시간이 지날수록 엷어져서 어느 순간에는 거의 의식하지 못하는 법이다. 그런데 산골짜기에 은거하여 살아가는 서정적 자아가 물소리, 새소리를 느낀다고 하는 것은 주변이 고요함을 드러내는 시적 장치이다. 그래서 "고요한 가운데 왁자하다(靜中喧)"고 표현하였다. '훤(喧)'은 떠들썩하게 시끄럽지는 않지만 그렇다고 도란거리는 수준은 아닌, 그 중간쯤 되는 정도의 왁자함을 의미한다. 우리말로 옮기기가 쉽지 않지만, 그런 느낌으로 받아들이면 된다.

귓가에 물소리, 새소리가 왁자하다는 걸 느끼는 순간 깨닫는다. '아, 그렇지! 이곳으로 오는 길이 무성한 숲에 지워져서 사람들이 올 수 없게 되었지.' 그러자 자신이 사는 골짜기 입구를 막아주는 산의 구름이 얼마나 예쁜가를 새삼 알게 되는 것이다. 이러한 시적 진술 속에서 우리는 세상에 대한 관심을 일견 끊은 듯이 보이는 가운데 은연중 이어가고 있는 인연의 끈을 직관적으로 느낄 수도 있다. 그러나 굳이 행간을 그렇게 세심하게 읽지 않아도 산속의 한낮을 여유롭게 지내고 있는 작자의 아름다운 삶의 태도를 충분히 음미할 수 있다.

이 시를 지은 성운(成運, 1497~1579, 호는 대곡大谷)은 이지함, 서경덕, 조식 등 당대 최고의 학자들과 교유하면서 평생 학문에 정진했던 인물이다. 그는 자신의 형이 을사사화(乙巳士禍) 때 화를 당하자 속리산으로 들어가 은거했다.

물론 성운의 시에는 기대승의 시에 보이는 감상적인 측면이 상당히 절제되어 있다. 그의 시는 고려 말 길재(吉再, 1353~1419, 호는 야은冶隱)가 표현한 구절, "손님은 오지 않고 산새만 지저귀니, 대나무 언덕에 평상 옮겨놓고 누워서 책을 읽는다(外客不來山鳥語, 移床竹塢臥看書)"는 경계에 더 가깝다.

어느 쪽이 한낮을 보내는 좋은 방법인지는 알 수 없는 일이다. 그러나 그들의 시간 보내기에서는 표현할 수 없는 한가함과 넉넉함이 느껴진다. 자신이 고적함 자체가 되어, 사물과 내가 둘이 아닌 경계에서 발현되는 심미적 한가함이 속속들이 스며 있다고 하면 지나친 말일까.

* 들레다: 야단스럽게 떠들다.

깊이에서 우러나는 매끄러움

박수량의 「경포대에 올라서」,
윤황의 「백운대에서」

온 산에 단풍 들었나 싶더니 어느새 산이 스산하다. 굴러다니는 바람에 가랑잎 몰리더니 이제는 나뭇가지도 야위어간다. 창밖으로 보이는 산빛이 완연한 늦가을이다. 조금만 건드리면 사라질 것만 같은 가을 기운이 떨어지지 않는 발걸음을 옮기면서 서성거린다. 낙엽송 노란 잎만이 눈에 들어오는 것을 보면 올해 단풍도 이젠 끝물이다.

산을 오르다보면 바짝 마른 나뭇잎 몇 개 떠 있는 계곡물을 만난다. 저렇게 깨끗할 수가 없다. 추수(秋水) 같다는 표현이 새삼스럽다. 있는 듯 없는 듯 계곡의 굽이마다 고여 있는 가을 물을 보면서 문득 내 마음도 저렇게 맑았으면 하고 생각한다.

단풍잎 모두 떨구고 이제 겨울 맞을 채비를 한 늦가을 산에는 왠지 모를 묵직함이 있다. 체로금풍(體露金風)이라 했던가, 가을바람에 모든 사물은 본체를 드러낸다. 잎 무성한 여름에는 미처 알아차릴 수 없었던 본모습을, 잎 다 떨구고 난 늦가을이면 비로소 본다. 그러므로 가을이 묵직함을 주는 것일 터이고, 가을이 괜히 슬프게 느껴지기도 하는 것이다.

맑은 물을 보면서 마음의 청정함을 비견했던 것은 옛사람들도 마찬가지였다. 그 정도의 비유는 흔하다못해 물리기까지 하다. 그러나 어떤 시의 경우에는 자연의 한 부분을 포착하는 시선이 너무나 서늘하게 다가온다.

대학 3학년 2학기 때였다. 까닭 없이 강의를 듣기가 싫었다. 모든 강의가 부질없어 보였고, 모든 지식이 헛되게 느껴졌다. 학기가 시작되고 근 한 달가량 대부분의 강의를 듣지 않았다. 그렇지만 학교를 아예 빼먹었던 것은 아니다. 학교 주변 술집을 어슬렁거리거나 교정 잔디밭에 앉아 멍하니 하늘을 바라보기는 했다. 딱 하나, 내가 빠지지 않았던 강의가 있었다. 할아버지의 수업이었다. 선비다움이 무엇인지 딱히 설명할 수는 없었지만, 나는 노교수의 삶에서 선비다움을 진하게 느꼈다. 그 강의는 시화(詩話)를 원문으로 읽는 것이었는데, 내게는 한시에 대한 기본적인 안목을 키워준 수업이었다.

그렇게 시간을 보내던 어느 날, 나는 귀가 번쩍 뜨이는 한시 한 편을 주워들었다. 그 시는 교재에 나오는 작품이 아니라 무슨 이야기 끝에 노교수가 외어서 알려준 것이었다.

鏡面磨平水府深	수면은 거울 같고 물은 깊은데
只鑑形影未鑑心*	겉모습만 비출 뿐 마음 못 비춰
若教肝膽俱明照	간담까지 모두 밝게 비추인다면
臺上應知客罕臨	이 대 위에 오를 사람 드물어지리

—박수량朴遂良, 「경포대에 올라서登鏡浦臺」, 『삼가집三可集』

예나 지금이나 경포대는 수많은 사람들이 찾는 곳이다. 어떤 이는 경포 고요한 물 위에 뜬 달을 보며 술 한잔을 생각하고, 어떤 이는 호수 위로 날리는 벚꽃을 보러 오기도 한다. 사람들은 분주하게 오가지만 경포대는 언제나 호수를 바라보며 단정하게 앉아 있다. 거대한 거울로 분주한 세상을 비춘다. 다만 비출 뿐이다. 오가는 사람들에게 말을 거는 법도 없고, 그들을 타박하지도 않는다. 사물이 오면 무심하게 비추어주고 사물이 사라지면 다시 허공처럼 비어 있을 뿐이다. 그러고 보면 바쁜 삶을 알아차리는 것도 거울을 바라보는 사람의 몫이고, 거기에서 깨끗한 마음을 읽어내는 것도 거울에 비춰보는 사람의 일이다.

박수량(1475~1546, 호는 삼가三可)은 경포대에 올라 아마 그런 생각을 했던 듯싶다. 저 맑은 경포호수는 모든 사물을 비추지만, 사실 그곳에는 형체만이 비칠 뿐 사물의 본질은 비치지 않는다. 눈에 보이는 세계 저편에 무엇인가 또다른 세계가 존재한다면, 그것을 본질이라고 하거나 진리라고 하거나 신이라고 할 수 있다면, 그것은 왜 호수 거울에 비치지 않는 것일까. 마찬가지로 사람이 호수 앞에 섰을 때, 어째서 사람의 겉모습만 비칠 뿐 사람의 간담(肝膽, 마음)은 비치지 않는 것일까. 만약 사람의 마음을 저 호수가 낱낱이 비추어준다면 아마도 경포대 위를 찾는 사람은 드물어질 것이다. 여러 사람이 함께 경포대에 올랐다가 호수에 비친 서로의 마음을 보며 가슴 쓸어내릴 일이 많지 않겠는가. 저 사람의 마음은 저리도 깨끗한데 내 마음이 이리도 더럽다면 후일 무슨 낯으로 저 친구를 대할 것이며, 내 삶이 얼마나 부끄러울 것인가.

박수량은 기묘사화로 세상 진출을 그만두고 평생 자연 속에 묻혀서 살았던 인물이다. 그런 만큼 시를 쓰는 솜씨도 강하다. 하고 싶은 말을 숨기지 않는다. 다분히 직설적인 말투 속에서 우리는 박수량이 어떻게 살고 싶어했는지를 알아챈다. 수면(水面)이 매끈하면서도 물 또한 깊다는 말은 의미심장하게 들린다. 깊이에서 우러나는 매끈함**은 얕은 물에서 느끼는 그것과는 큰 차이가 있다. 게다가 '경면(鏡面)'이라는 단어는 중의적(重義的)이다. 거울처럼 깨끗한 수면이라는 의미도 있지만 동시에 경포호의 수면이라는 의미도 가진다.

그러나 아쉽게도 그것은 사물의 본질 혹은 사람의 마음을 비춰내지 못한다. 이 말은 경포대에서 노니는 사람들이 밖의 풍경에만 마음을 쓸 뿐 정작 내면의 아름다움은 도외시하는 현실에 대한 깊은 우려와 풍자일 수 있다. 분주하게 노니는 사람들 사이에서도 외물에 움직이지 않는 마음을 곧게 지니려는 작자의 마음이 느껴진다. 그것은 아마도 마음 수양에 대한 자부심에서 오는 것일 터이다.

박수량의 시가 호수를 두고 노래했다면, 산을 소재로 한 윤황(尹煌, 1572~1639, 호는 팔송八松)의 시 또한 그 이상으로 평가받아 마땅하다.

朝看白雲流　　아침엔 흰구름 흐르는 걸 보고
暮看白雲集　　저녁엔 흰구름 모이는 걸 본다
惟有道人心　　오직 도인의 마음 있어서
隨雲不出入　　구름 따라 나고 들지 않는다

—윤황, 「백운대에서白雲臺」, 『신민新民』 제40호 4권(新民社, 1928)

백운대는 금강산에 있는 지명이다. 마하연에서 조금 떨어진 곳에 있는 전망대인데, 특히 중백운대(中白雲臺)는 금강산의 전경을 한눈에 바라볼 수 있는 곳이다. 아마도 윤황은 마하연이나 도솔암, 혹은 반야암 같은 암자에 묵으면서 백운대를 노닐었을 것이다. 변화무쌍한 금강산 날씨를 생각한다면 높은 곳에서 만나는 구름이란 얼마나 기이할 것인가. 그의 눈에는 오직 구름이 흐르다가 다시 모여드는 것만이 보인다. 무심하게 흐르는 세월을 읽을 수 있다. 고려 후기 문호였던 이규보는 자유롭게 오가는 구름을 좋아해서 자신의 호를 백운거사(白雲居士)라고 지었다. 구름은 어디에도 걸림이 없는 자재로움의 상징이다. 윤황은 아침저녁으로 구름을 보면서 하루를 보내는 것이다.

그런데 구름의 모습에 마음을 빼앗기다보면 아차 하는 순간에 본마음을 잃는다. 마음이란 놈이 얼마나 변화무쌍한가 말이다. 조금만 방심(放心)하면 말 그대로 놓쳐버리는 것이 마음 아닌가. 조금만 눈을 감고 있어보면 우리 마음이 얼마나 변화무쌍하게 장난치는가를 알 수 있다. 구름을 따라 흐르고 모이지만, 자신의 마음만은 구름을 따라 나고 들지 않는다는 것은 앞서 박수량이 보여준 조선 선비로서의 자신감이 아닐까 싶다. 움직임 속에서도 움직이지 않는 것을 굳게 지닌다는 것은 수양의 경계를 은연중에 드러내는 것이다. 윤황은 아주 쉬운 몇 개의 글자를 통해 자기 삶의 한 단면을 잘 드러내고 있다.

직설적인 시적 진술은 작품의 긴장감을 떨어뜨림으로써 완성도에 치명적인 결점으로 작용하기 일쑤이다. 그러나 때때로 직설적인 진술이 시의 긴장감을 팽팽하게 유지시키기도 한다. 박수량이나 윤황의 시가 그런 예이다. 특히 흰구름이 자재하게 움직이는 모습과 그것을 순식간에 긴장시키는 윤황의 진술 사이에는 팽팽한 긴장감이 스며 있다. 그 긴장감 속에서 나는 이들의 빛나는 정신을 엿보는 것이다.

* 필자 소장본. 『대동시선』 권2에는 '鑑'이 '監'으로 표기되어 있다.
** 마평(磨平)은 숫돌로 갈아놓은 듯이 평평하다는 뜻이다.

배꽃을 다루는 방식

이개의 「배꽃」,
송한필의 「우연히 읊다」

배꽃은 달밤에 그 매력을 한껏 발산한다. 새하얗다못해 푸른 기운까지 도는 배꽃을 달빛 아래서 보고 있노라면 무엇인가 그 속으로 나를 잡아끄는 힘이 있는 듯도 하다. 예로부터 선인들이 시 속에 배꽃을 자주 언급한 것은 나름대로 이유가 있어서일 것이다.

근래 들어 녹차를 즐겨 마시는 분들이 늘어났다. 사무실에서 간편하게 마실 수 있는 티백 녹차는 물론, 아름다운 벗들과 함께 다구(茶具)를 가지가지 갖추어놓고 맛있는 다과를 곁들여 마시는 자리에 이르기까지, 제멋에 겨운 무엇인가가 있기 마련이다.

지난겨울이었다. 어떤 사무실에 일이 있어 들렀는데, 사람들이 둘러서서 녹차를 마시려고 준비를 하는 중이었다. 퇴근 준비로 부산스럽게

짐을 싸고 있는 사람이 있는가 하면, 마저 끝내지 못한 일 때문에 정신없이 서류철을 뒤적이고 있는 사람도 있었다. 그런 한켠에서 녹차를 마시려고 몇 사람이 모인 것이다. 비록 값비싼 것은 아니지만 다관이며 다해, 숙우 등 중요한 다구는 제법 갖추고 있었다. 아마 차 마시기를 무척 좋아하는 분이 사무실에 가져다놓은 모양이었다. 차 한잔 하라는 권유에 나도 의자를 끌어 사람들 틈을 비집고 앉았다. 서로 하루의 일을 이야기하는 동안 주변은 어수선했다. 정말 싼 녹차라며 팽주(烹主)는 내게 미안한 웃음을 던졌다. 그분은 주변의 어수선함에 아랑곳하지 않고 조용히 녹차를 우렸다. 그러고는 벌여놓은 찻잔에 조금씩 차를 따랐다. 은은한 녹차향과 함께 푸른빛 감도는 차가 잔에 담겼다. 차를 마시려고 무심코 잔을 들었는데, 팽주는 내게 잠시 기다리라고 했다. 그러더니 옆에 있던 봉지를 부스럭거리며 무엇인가를 꺼내 찻잔에 띄우는 것이었다. 푸른빛 감도는 따뜻한 녹차 잔에 배꽃 한 송이가 하얗게 피어나고 있었다.

"어, 배꽃이네요."

신기하게도 배꽃 향기가 녹차 향기와 어우러져 한겨울을 온통 새로운 기운으로 만들어주는 것이었다. 그이는 내게 웃으며 말했다

"지난봄, 배꽃이 필 때 땄거든요. 그것을 물에 씻지 않은 채 그대로 냉동실에 보관했다가 한겨울이면 이렇게 꺼내서 녹차 잔에 한 송이씩 띄워놓곤 합니다."

내가 어렸을 때, 우리집 뒤란에 배나무 한 그루가 있었다. 집 뒤는

대숲으로 이어져 있어서 내가 뒤란으로 가보는 일은 거의 없었다. 기껏 해야 앵두가 익을 무렵에 그것을 따먹으러 갈 뿐이었다. 어쩌다가 배꽃이 피어 있는 걸 보아도 무심히 지나치곤 했다. 고등학교 국어 시간에 고려 말 문신이었던 이조년(李兆年, 1269~1343, 호는 매운당梅雲堂·백화헌百花軒)의 명편, "이화(梨花)에 월백(月白)하고 은한(銀漢)이 삼경(三更)인제, 일지춘심(一枝春心)을 자규(子規)야 알랴마는, 다정(多情)도 병(病)인 양하여 잠 못 들어 하노라" 하는 시조를 배울 때도 배꽃의 이미지는 내게 그저 무덤덤한 것이었다. 사실 촌놈들의 눈에 매일 들어오는 꽃이 어디 한두 가지인가. 그 눈에 들어와서 오래도록 하나의 이미지로 뇌리에 남아 있으려면 그것과 특별한 경험을 맺어야 가능할 터이다. 내게는 그렇게 강렬한 배꽃 이미지가 남아 있을 일이 없었다.

내가 다니던 대학은 80년대 초까지만 해도 학교 주변이 울창한 숲이었다. 지금은 아파트 단지로 개발되어 빌딩 숲에 학교가 둘러싸인 형국이 되고 말았지만 말이다. 학교 옆 작은 산을 오르면 멀리까지 산이 이어져 있었고, 이따금 과수원이 눈에 들어왔다. 우리는 막걸리 통을 두어 개씩 안고 산 위로 올라가 마시곤 했다. 봄날이 한창이던 어느 날, 우리는 저물녘 떨어지는 해를 보려고 산으로 기어올라갔다. 막걸리를 마시며 먼산을 바라보다가 해가 지고 달이 꽤 높이 떠올랐을 때 우리는 엉덩이를 털며 일어섰다. 그런데 산 밑에서 환한 빛이 보이는 것이었다. 배꽃이었다. 과수원에 배꽃이 만발하여 그것이 달빛에 빛나고 있었다. 남아 있던 취기 때문이었을까, '이화에 월백'한 그날 밤은 너무도 처연하여 한마디 말도 서로 붙이지 못하고 묵묵히 산길을 내려왔다. 내게 있어서 배꽃이란 오래도록 그러한 것이었다.

사실 배꽃을 다루는 방식에는 두 가지가 있다. 고적하고 처연한 느낌으로 다루는 사람이 있는가 하면, 화사하고 아름다운 봄의 전령으로 다루는 경우도 있다. 그렇지만 내 경험은 전자의 경우에 더 공감하는 편이었다.

院落深深春晝淸	정원은 깊고 깊어 봄낮 맑은데
梨花開遍正冥冥	배꽃 활짝 피니 정녕 아득하여라
鶯兒儘是無情思	꾀꼬리란 놈 정이라곤 조금도 없어
掠過繁枝雪一庭	무성한 가지 스쳐가자 온 뜨락 흩날리는 눈

—이개李塏, 「배꽃梨花」, 『이선생유고李先生遺稿』

이개(1417~1456, 호는 백옥헌白玉軒)는 조선 전기 단종을 옹위하려다가 발각되어 사형당한 사육신(死六臣) 중의 한 사람이다. 그의 이름을 생각하면 꼿꼿한 기상과 서릿발 같은 눈매가 떠오른다. 그런데 이런 작품을 쓰다니, 참 뜻밖이다. 그렇지만 다시 생각해보면, 그의 기개는 수많은 사건 중에 단종 복위 사건에 의한 하나의 이미지에 불과하다. 그 역시 봄이면 꽃을 바라보며 가련하게 여기던 한 사내였다.

작중 화자는 아무도 없는 정원에 홀로 앉아 배꽃을 바라보고 있다. '深深(깊고 깊다)'이라는 표현은 이개가 앉아 있는 공간의 고적감을 잘 보여준다. 게다가 너무도 맑은 봄날의 한낮이다. 포근한 봄날, 툇마루에 앉아 한낮의 햇살을 즐겨본 일이 있다면 인적 없는 봄날의 깊고 고적한 느낌을 알 것이다. 화자는 바로 그러한 점을 기구(起句)에서 표현한 것이다. 게다가 배꽃이 활짝 피어 집안을 환하게 밝히고 있으니, 밝은 봄날 한낮의 햇볕과 함께 그 환한 아름다움이란 대단했을 것이다. 달빛 아래에서의 배꽃과는 전혀 다르게 너무도 화사했을 꽃빛을 보는 순간, 그 아찔함은 형언하기 어려웠을 것이다. 시에서 '冥冥(명명)'은 그 순간을 표현한다. 원래 '명명'이란 어둑한 모양을 가리키거나 조용한 모양을 말한다. 이 시에서는 배꽃이 만개한 절정의 숨막히는 순간을 표현하는 단어이다. 그래서 조용하다고 번역하지 않고 아득하다고 번역해보았다.

이렇게 정적인 이미지의 배치만으로는 좋은 시가 되기 어렵다. 앞의 두 구절이 지극히 정적이라면 뒤의 두 구절은 동적인 이미지로 이루어져 있다. 우선 꾀꼬리가 인적 없는 고요한 봄날 한낮을 뒤흔든다. 배꽃이 만개한 절정의 숨막히는 순간을 뒤흔드는 꾀꼬리의 등장은, 고적감에 한껏 취해 있는 작중 화자의 눈길에 쉽게 포착된다. 조금이라도 정이 있는 녀석이라면 이런 절정의 순간을 뒤흔들어놓지는 않았을 것이다. 무심하게 배꽃 가지를 스치듯 날아가는 새는 절정의 순간을 너무도 짧게 만들어버린다. 세상 어디에 영원한 것이 있던가. 절정이다 싶으면 어느새 조락(凋落)의 순간을 맞이하게 되는 법. 아름다움의 조락은 이 시 속에 쓸쓸함과 가련함을 은근히 침윤시켜놓는다. 아름다운 조락의 시간을 작자는 눈처럼 흩날리는 배꽃송이로 마무리한다. 꾀꼬리 날갯짓 한 번에 한철 봄이 가버린 것이다. 모란이 지자 한 해 봄이 다 가버린 김영랑처럼, 이개의 봄은 그렇게 배꽃이 지는 것과 함께 사라졌다.

송한필(宋翰弼, 생몰년 미상, 호는 운곡雲谷)의 봄 역시 꽃의 개락(開落)과 함께한다.

花開昨夜雨	어젯밤 비에 꽃이 피더니
花落今朝風	오늘 아침 바람에 꽃 떨어졌다
可憐一春事	가련해라, 한 봄의 일이
往來風雨中	비바람 속에서 왔다 가다니

—송한필, 「우연히 읊다偶吟」, 『기아箕雅』

앞의 두 구절 때문에 이름난 이 시는, 이개의 시보다는 비교적 노골적이다. 봄날의 애상적인 정조가 시 속에 그대로 드러난다. 송한필은 무슨 꽃에서 봄의 오고감을 느꼈는지 모르겠지만, 그의 봄 역시 꽃과 함께 왔다가 사라진 것이다.

중국의 시인 사숙(史肅)*도 "봄바람이 몇 점 배꽃 눈을, 봄에 상심하여 만리 밖 달리는 내 마음에 불어온다(東風數點梨花雪, 吹我傷春萬里心: 「偶書」)"고 하였고, 백낙천(白樂天) 역시 자신의 시에서 "복숭아꽃은 타오르는 불꽃처럼 흩날리고, 배꽃은 아득히 내리는 눈처럼 떨어진다(桃飄火焰焰, 梨墮雪漠漠: 「落花」)"고 쓴 적이 있다. 봄날의 도저한 외로움을 느끼는 것은 고금이 같은가보다.

올봄, 요 며칠 사이 바람에 배꽃이 많이 졌다. 한봄 가는 것을 아쉬워하는 사람들은 서둘러 배꽃을 따서 잘 갈무리한다. 그렇게 잡아둔 봄을 한겨울에 다시 살려내어 새로운 봄기운을 느껴보곤 하는 것이다.

* 금나라 장종(章宗) 때의 문신이며, 자는 순원(舜元)이다. 어려서 부모를 잃고 외가에서 자랐다. 정교하면서도 깊이 있는 시를 지었으며, 용사(用事)에 뛰어났다. 『담암유고澹菴遺稿』를 남겼다.

여름의 초입에 읽는 겨울 한시

원감충지의 시

사람의 몸이란 참으로 간사한 데가 있어서, 겨울이면 더운 여름을 그리워하고 여름이면 찬바람 부는 겨울을 상상한다. 아무리 한반도의 기후가 아열대로 간다고들 해도, 계절에 따라 그 나름의 멋은 남아 있다. 바쁜 생활을 핑계로 마음을 내지 않아서 그렇지, 즐기기 위한 마음의 준비를 하기만 하면 계절에 따른 흥미롭고도 멋스러운 풍류를 충분히 누릴 수 있다. 늘 그렇지만, 풍류를 누리기 위해서는 약간의 불편함을 감수해야 하는 것도 사실이다.

조선 후기의 왕 정조(正祖)는 한겨울에 난로회(煖爐會)라는 모임을 했다. 정약용과 같은 젊고 똑똑한 문신은 물론 규장각, 승정원 등에서 일하는 관료들을 수시로 모아서 시와 술을 즐긴 것이다. 원래 난로회라는 모임은 궁궐에서만 있었던 것은 아니다. 조선의 선비들이 한겨울에 눈이 내리면 밖에 난로를 따뜻하게 피워놓고 그 주변에 둘러앉아 시를 짓고 술을 마시고 때로는 고기를 구워먹으며 추운 겨울 한때를 보내는 모임이 바로 난로회였다. 한겨울에 난로회를 하려면 당연히 준비해야 할 여러 가지 일 때문에 번거롭기도 하지만, 거기에 참여하는 사람들의 열의가 매우 중요했다. 눈이 쌓인 한겨울에 아무리 솜옷을 입는다 한들 추위가 어찌 가시겠는가. 추위와 북풍을 무릅쓰고 난롯가로 모여들었던 것은 거기에 술과 시가 있고 아름다운 벗들이 있기 때문이었다.

한여름에도 더위를 물리치기 위한 모임이 있었다. 탁족(濯足)을 비롯하여 여러 풍습이 여전히 전해오기도 한다. 그러나 바쁜 도시인에게 여름을 멋지게 나기 위한 풍류는 대부분 머릿속에서 맴돌다 흔적 없이 사라진다. 이럴 때 겨울을 묘사한 한시를 한 편 읽어보면 어떨까.

但認更深月照來	밤 깊어 달빛 비치는 것만 알았을 뿐
不知庭院雪成堆	뜨락에 눈 쌓이는 건 알지 못했네
平明起向城中望	새벽에 일어나 성 쪽을 바라보니
萬樹梅花一夜開	온 나무에 매화가 하룻밤 새 피었다

—원감충지圓鑑沖止, 「간밤에 큰 눈이 내렸는데도 전혀 모르고 있다가 새벽에 일어나 도성을 바라보며 지었다夜大雪都不覺知 曉起望城中 有作」, 『원감록圓鑑錄』

고려 후기의 스님인 원감충지(1226~1292)의 작품으로, 꽤 긴 제목의 한시다.

한밤중에 눈이 내려 뜰에 쌓이고 있었는데, 그는 달빛만 환하게 비치는 줄 알았다고 했다. 함박눈이 펑펑 쏟아지는 밤이면 창호지 바른 문이 환했던 기억이 있다. 어린 시절에는 그 빛이 눈 때문에 생기는 것이라고는 생각하지 못했었다. 그저 할머니 옆에 누워서 훤한 문 쪽을 바라보며 잠을 청했었다. 어떤 때는 할머니가 혼잣말처럼 중얼거리는 소리도 들렸다. '눈이 많이 올 모양이네.' 그래도 나는 눈이 내리는 줄도 모르고 어느 결엔가 잠이 들었다가, 아침이 되어 문을 열면 섬돌을 완전히 덮은 저 흰 눈이 온 방을 밝히곤 했었다. 원감의 작품을 읽으면서 나는 기구와 승구에서 어린 시절 할머니와 함께 지내던 때를 떠올렸다.

새벽에 일어나 성 쪽을 바라본다. 이제 조금만 지나면 사람들로 북적거릴 저 도성은, 새벽이라 그런지 아직은 고요하다. 일찌감치 잎을 떨구고 앙상한 가지만 있던 나무에는 간밤 내린 눈이 붙어서 희미한 새벽빛을 받아 반짝인다. 마치 매화가 만개한 듯하다. 봄 기약 없는 겨울의 한가운데서 눈을 통해 매화를 상상하고 다시 봄을 연상한다. 아무리 깊은 어둠이라도, 아무리 추운 겨울이라도, 역시 봄은 다가오기 마련이다. 자연의 순환이 그러하기도 하지만, 어찌 보면 우리 마음속에 봄이 자라고 있는 한 언젠가는 봄이 온다. 작자는 바로 그러한 점을 드러내고 싶었을 것이다.

여름이 이제 코앞으로 닥치고, 제법 긴 시간 동안 이 땅은 불볕더위로 달아오를 것이다. 산과 들로 피서를 떠나는 행락객들이 길을 메울 것이고, 대부분은 길 위에서 많은 시간을 보낼 것이다. 피서를 다녀왔다는 흉내를 내려고 피서를 떠나는 것처럼 시간을 허비하는 일이 또 어디 있을까. 차라리 다가오는 여름을 위해 좋은 시집 몇 권 골라놓는 것은 어떨까.

누추함이
무슨 문제가 되겠는가

임영의 「산재의 달밤」,
윤휴의 「누추한 골목」

작은 방은 온통 책으로 둘러쳐져 있고, 길에 면해 있는 창으로부터 희미한 빛이 들어온다. 책상을 빼면 딱히 이렇다 할 집기도 없다. 몸 하나 누일 만한 방바닥엔 휴지처럼 이불이 아무렇게나 펼쳐져 있고, 머리맡으로는 책 몇 권이 이리저리 던져져 있다. 바로 옆은 철길이어서 주기적으로 기차가 굉음을 내면서 지나갔고, 좁은 골목길에 면한 창틈으로는 이따금 지나가는 사람들의 두런거리는 소리가 안개처럼 스며든다.

정말 누추한 방이었다. 다니던 직장을 그만두고 본격적인 공부길로 들어서겠노라고 마음먹은 지가 엊그제 같은데, 세월이 이렇게 흘렀다. 이제는 아련한 기억으로만 남아도 될 법한 옛날의 내 방이, 여전히 눈에 삼삼하다. 아무도 없는 방안에서 책을 읽으며 새벽을 맞던 시절이었다. 너무 궁벽지고 누추해서 찾아오는 사람도 거의 없는 방, 그곳이 내게는 낙원이었고 현실이었다. 가난한 살림살이에 어쩌다가 공부길로 접어들어 이날 이때까지 왔다.

가끔씩은 그때를 생각한다. 그냥 옛날을 그리워하는 복고적인 차원의 생각이 아니다. 여전히 나는 그 당시의 나처럼 공부에 대한 열망으로 가득차 있는지를 반성해보는 것이다. 지금도 그 누추함을 즐길 수 있는가.

안빈낙도(安貧樂道)라고 했다. 공자의 제자 안회(顔回)는 가난하고 누추한 살림살이에도 불구하고 편안하게 도를 즐길 수 있었다고 한다. 수많은 선비가 그의 삶을 따르려고 애썼다. 가난한 살림살이 속에서도 책을 읽고 천지의 이치를 궁구하는 삶을 살았다. 그러한 삶을 자신의 글 속에 남긴 선인들도 많다. 도대체 누추함이란 무엇일까?

『논어』에는 이와 관련한 흥미로운 글이 실려 있다.

> 공자께서 오랑캐 땅에 살고 싶어하셨다. 어떤 사람이 물었다.
>
> "그곳은 누추할 터인데 어찌하시렵니까?"
>
> 공자께서 말씀하셨다.
>
> "군자가 그곳에 살았는데, 무슨 누추함이 있겠느냐?"
>
> 子欲居九夷. 或曰, '陋如之何?' 子曰, '君子居之, 何陋之有?'

—『논어』, 「자한子罕」

옛 성현이라고 해서 가난함을 어찌 찾아가며 즐겼을 것이며 누추함을 일부러 누렸겠는가. 다만 그들은 가난함과 누추함을 충분히 덮고도 남을 다른 즐거움을 느끼고 있었을 것이다. 그것이 도(道)와 함께하는 삶이 아니었을까. 오랑캐 지역이지만, 옛날 현인이었던 기자(箕子)가 그곳에 살았다면 무슨 누추함이 있겠는가 하고 공자는 반문한 것이다. 생각은 다 통하는 데가 있는가보다. 불경에도 이런 식의 말이 있다. "향을 싼 종이에서는 향기가 난다." 그렇지, 다 같은 종이이지만 거기에 무엇을 담느냐에 따라 종이에 배는 향기는 달라지기 마련이다.

『논어』의 글을 이렇게 써내면 어떨까.

산은 높은 데에 주안점이 있는 것이 아니다. 신선이 있으면 이름이 난다. 물은 깊은 것에 주안점이 있는 것이 아니다. 용이 있으면 신령스럽다. 내가 사는 이곳은 누추한 방이지만 내 덕은 향기롭다. 이끼 자국은 계단을 올라오면서 파랗고, 풀빛은 주렴 사이로 들어오며 푸르다. 얘기하고 웃는 사람들은 덕 높은 선비들이요, 오가는 사람들 중에는 속된 사람이 없다. 소박한 거문고를 고르고 불경을 펼쳐볼 만하다. 화려한 음악이 내 귀를 어지럽힐 일도 없고 공문서가 내 몸을 수고롭힐 일도 없다. 그러니 남양 땅 제갈량의 초가집과 같고, 서촉 지역 양자운의 정자와 같다. 공자께서도 이르셨다. "무슨 누추함이 있겠는가?”

山不在高, 有仙則名. 水不在深, 有龍則靈. 斯是陋室, 惟吾德馨. 苔痕上階綠, 草色入簾靑. 談笑有鴻儒, 往來無白丁. 可以調素琴, 閱金經. 無絲竹之亂耳, 無案牘之勞形. 南陽諸葛廬, 西蜀子雲亭. 孔子云, ‘何陋之有.’

—유우석劉禹錫, 「누실명陋室銘」, 『고문관지古文觀止』 권7

한 편의 짧은 시를 읽는 듯한 느낌을 주는 이 소품은, 내가 살고 싶은 이상적인 모습을 너무도 잘 표현하고 있다. 대학 시절, 이 글을 처음 접했을 때도 이렇게 글을 맛깔스럽게 써낼 수도 있구나 하는 심정으로 감탄한 적이 있었다. 여전히 나는 이 글을 읽을 때마다 한숨을 내쉬지만, 눈길을 주는 구절은 그때와 사뭇 다르다. 어렸을 때는, “이끼 자국은 계단을 따라 올라오면서 파랗고, 풀빛은 주렴으로 들어오며 푸르다”는 부분에서 감탄했다. 계절이 변할 때마다 섬돌 이끼는 위로 올라온다. 그건 사람들이 자주 드나들지 않는다는 뜻일 수도 있고, 쉽게 눈에 띄지 않을 작은 것들에 대한 아낌일 수도 있다. 집 저편으로 푸르게 펼쳐진 풀빛이 방문에 친 발 틈으로 스며들어온다는, 다분히 감각적으로 읽힐 이 부분에서 나는 한숨을 내쉬곤 했던 것이다. 그러나 어느샌가 내 눈길은 마지막 부분에 인용된 공자의 말로 옮겨갔다. 나이 탓이었을지도 모르겠다.

내 삶은 오랫동안 곤핍한 것이었다. 허기진 마음은 끊임없이 무엇인가를 찾아 배를 채우려고 했다. 내 독서가 무지하게 잡식성인 것은 거기에서 연유한 것이리라. 펼쳐진 이불 주변으로 책의 높이는 나날이 달라졌지만 내 허기는 더욱 심해졌다. 생활은 여전히 힘들었고, 경제적 박탈감은 깊어만 갔다. 안빈낙도를 꿈꾸는 내게 가난함이란 벗어나기 힘든 거대한 그물과 같았다. 내 주변에 한없이 펼쳐진 가난의 그물이 세상 밖으로 향해야 할 패기만만한 젊음의 기를 무참하게 꺾어버린 것이다. 기가 꺾여서 더는 어쩌지 못할 때, 또 한번 이 글이 꿈처럼 다가왔다. 그러고는 마지막 구절이 강하게 내 눈 속으로 들어왔다. 바로 그 순간, 나는 안빈낙도에 대한 생각을 바꾼 것이다. 누구나 가난함의 고통은 겪는 것이지만, 그러한 신체적 어려움은 전혀 다른 차원의 즐거움에 의해 구축(驅逐)될 수 있다는 생각을 했다. 그것은 대장부로서의 삶이었다.

천하의 넓은 곳에 거처하며, 천하의 바른 지위에 서며, 천하의 큰 도를 행한다. 뜻을 얻으면 백성과 더불어 말미암고, 뜻을 얻지 못하면 홀로 그 도를 행한다. 부귀도 그를 치우치게 할 수 없으며, 빈천함도 능히 그 뜻을 변하게 하지 않으며, 위엄과 무력도 능히 굽힐 수 없다. 이것을 이른바 대장부라고 한다.

居天下之廣居, 立天下之正位, 行天下之大道. 得志與民由之, 不得志獨行其道. 富貴不能淫, 貧賤不能移, 威武不能屈. 此之謂大丈夫

—『맹자』「등문공滕文公」하

천하의 넓은 곳[仁], 천하의 바른 지위[禮], 천하의 큰 도[義]와 함께 하는 삶이 내 눈앞에 펼쳐진 것이다. 언감생심 그것에 도달할 것을 맹세했겠는가마는, 적어도 당시 내 마음은 새로운 광야를 발견한 것 같았다. 그렇다면 나의 누추한 방이야말로 전혀 문제가 되지 않았다. 대장부로서의 삶, 그것은 진정 내가 항상 꿈꿔오던 삶이었다.

옛 선비들이 안빈낙도를 이야기한 것도 아마 이런 경계에서 출발한 것이었으리라. 벼슬길에 나아가지 않는 한 그들에게 주어지는 경제적 여유란 어디까지나 조상으로부터 물려받은 재산이 고작이었을 것이다. 넉넉하게 물려받는 사람도 있었을 터이지만, 대부분의 선비들은 가난함을 물려받았을 것이다. 오로지 서책을 벗삼아 세월을 보내는 선비들에게 안빈낙도는 일견 자신을 합리화하는 도구이기 십상이었다. 적어도 내가 보기에 그들의 안빈낙도란, 현실의 가난함과 곤핍함을 변명하기 위한 자기 합리화의 명분에 지나지 않았다. 그런데 내가 새로운 경계를 보고 나자 선비들의 삶이 다시 보이게 되었다. 내가 보지 못했다는 이유로 그들의 도저한 정신의 깊이를 마구 재단한 옛날이 부끄러웠다.

그러던 터에, 우연히 유우석의 글을 만나자 자연 글의 뒷부분, "무슨 누추함이 있겠는가?"라는 부분에 눈이 가는 것은 정한 이치였다. 자신의 덕(德)에 대한 당당함, 교유하는 사람들에 대한 자랑스러움, 책과 소박한 음악으로 자연 속에서 유유자적하는 자신의 삶 속에서 세속의 기준에 의한 누추함이란 아무 의미 없는 것이었다. 무슨 누추함이 있겠는가 하는 표현 속에는 이러한 깊은 의미의 담박함이 있다.

溪路縈回一壑深	시냇길 굽이 돌아 골짝 깊은데
世間誰識此雲林	세상에 어느 누가 구름 덮인 이곳 알랴
寒簷月動江山色	찬 처마 달빛은 강산 빛 움직이고
靜夜書開宇宙心	고요한 밤 책은 우주의 마음 연다
沙鳥漸親休養鶴	물새 점점 친해지니 학 기르기 그만두고
松風竊聽當鳴琴	솔바람 몰래 들으니 이야말로 거문고 소리
箇中佳趣那專享	이 속의 아름다운 정취, 어찌 홀로 누릴 건가
早晩煩君復見尋	조만간 그대 다시 찾아주시게

—임영林泳, 「산재의 달밤山齋月夜口占」, 『창계집滄溪集』

임영(1649~1696, 호는 창계滄溪)은 깊은 산중에서 자연과 벗하며 살아가는 은자로서의 삶을 이 시에서 담담하게 노래한다. 자신이 살고 있는 산재(山齋)는 세간(世間)과 떨어진 곳이다. 그곳은 구불구불한 시냇길〔溪路〕과 구름 덮인 숲〔雲林〕으로 구분된다. 달의 움직임을 따라 강산의 빛이 변하고, 고요한 밤 책상 위의 책에는 우주의 마음이 펼쳐진다. 이야말로 자연과 내가 하나되는 지점이 아닌가. 심지어 학을 기른다거나 거문고를 타는 것도 여기서는 유위(有爲)의 경계로 여겨진다. 원래 학과 거문고는 은자의 표상이다. 이들은 은자의 삶을 특징짓는 중요한 지표였다. 이들을 무척 좋아한 나머지 중국의 임포(林逋)*는 학을 아내로 삼았다지 않은가. 게다가 거문고의 고졸한 음악이야말로 선비가 담박하게 즐길 수 있는 놀이이다. 그런데 임영은 이들마저도 모두 물리친다. 학을 기르고 거문고를 타는 행위조차도 인간의 인위적인 요소가 스며 있다는 판단이었을 것이다.

물새와 친하게 지내다보니 학을 기르는 것을 그만두게 되었다는 대목에서 우리는 임영이 그리고 있는 자연 속에서의 물아일체가 얼마나 강렬한 정감을 갖고 있는지 짐작할 수 있다. 물새와 친하다는 진술에는 당연히 망기(忘機)의 태도가 전제된다. 인간의 사사로운 욕망을 모두 없앴을 때 비로소 백구(白鷗)와 즐겨 노닐 수 있었다는 고사는 인간과 자연의 합치에서 일차적인 요소가 바로 인위적인 욕망을 없애는 것이라는 점을 시사한다. 솔바람 소리 역시 거문고를 대신한다. 자연의 소리 앞에서 인간이 만들어내는 소리란 얼마나 허허로운가. 이처럼 학을 기르는 대신 물새들과 친하게 지내고, 거문고 소리 대신 솔바람 소리를 들으며 자연의 음악에 침잠하는 경위는 자연스럽게 도달한 경계이다. 어떠한 인위도 개재되지 않은, 그야말로 순연무잡(純然無雜) 그 자체이다.

임영은 그 깨끗한 물아일체의 그림 속으로 친구들을 초대한다. 나는 한시를 읽으면서 이따금 의아하게 생각하는 부분이 이런 식의 표현이다. 그 아름답고 순연한 자연 속에 아내를 비롯한 가족의 자리는 왜 없는 것일까. 그들은 선경(仙境)을 언제나 친구들과 즐긴다. 그들에게 아내나 아이들이란 그러한 자리에 어울리지 않는 존재였을까? 아니면 가족은 이미 그러한 경계에서 충분히 물아일체의 혼연함을 누리고 있기 때문에 굳이 거론하지 않았던 것일까?

어느 쪽이든 이들에게 친구란 특별한 의미를 가진다. 흔히 사우(師友)로 표현되는 이들 친구는 도(道)을 탐구하는 여행길에서 친구 이상의 친밀감을 공유한다. 명나라 후기, 유명한 양명좌파 이론가였던 이탁오(李卓吾, 혹은 이지李贄)는 모름지기 친구란 스승 같아야 하고 스승이란 친구 같아야 한다는 식의 논법을 구사하면서 사우의 중요성을 역설한 바 있거니와, 도를 즐기고 도를 추구하는 선비들에게 친구란 바로 도를 깨치는 길을 함께 걸어가며 서로 보완해주고 채찍질해주는 그런 존재였다. 『논어』에서 말한바, "글로써 친구를 만나고, 친구로써 인(仁)을 보완한다(以文會友 以友輔仁)"고 하는 것은 이를 두고 이르는 말일 것이다. 더욱이 처자식은 개인의 사사로운 감정이 가장 극대화된 지점에 자리한다는 것을 염두에 둔다면, 이들과의 사사로운 관계를 뛰어넘어서 천하의 공평한 마음(公心)으로 도를 향해 함께 매진한다는 것은 참으로 어렵고도 힘든 일이었을 것이다. 아마도 친구란 그런 의미에서 언제나 도경(道境)을 함께하는 존재로 등장하는 것이 아닐까.

박세채(朴世采, 1631~1695)와 이단상(李端相, 1628~1669)에게 배웠고, 송시열(宋時烈, 1607~1689)과 송준길(宋浚吉, 1606~1672) 등 당대 최고의 학자들에게 수학한 임영의 삶이 어떠했으리라는 것은 가히 짐작할 만하다. 평생 도를 향한 열정으로 용맹하게 나아갔을 법한 그의 삶이 시 속에서 담박하게 느껴지기 때문이다.

윤휴(尹鑴, 1617~1680, 호는 백호白湖)의 시는 임영의 작품보다 훨씬 강렬한 느낌으로 다가온다.

明着衣冠士子身	분명히 의관 차려입은 선비의 몸
簞瓢陋巷不厭貧	옹색한 살림에도 가난을 싫어하지 않는다
雲開萬國同看月	만국에 구름 걷히니 다함께 달을 보고
花發千家共得春	모든 집에 꽃 만발하니 다같이 봄 얻는다
邵子吟中多氣像	소자의 노래 속에 기상이 넉넉하고
淵明醉裏樂天眞	도연명 취기 속에 천진함을 즐긴다
從來大隱皆城市	원래 대은은 모두 저잣거리에 숨었나니
何必投竿寂寞濱	어째서 꼭 적막한 물가에서 낚싯대 던지랴

—윤휴, 「누추한 골목陋巷」, 『대동시선』

윤휴는 자신의 정체성을 분명히 하는 것에서 이 시를 시작한다. 앞에서 보았던 임영의 시와는 사뭇 다른 어조가 감지된다. 의관을 분명히 차려입은 선비로서 가난을 싫어하지 않는다는 진술에서는 결연한 의지마저 엿보인다.

이 시를 읽기 위해서 우리는 몇 가지 사전 정보를 가지고 있어야 한다. 다른 사람의 글에 나오는 구절이나 옛 인물과 관련된 고사들을 이용하여 나의 뜻을 표현하는 수단으로 삼는 방식이 있는데, 이를 용사(用事)라고 한다. 윤휴의 이 작품은 몇 가지 전거를 용사하였다.

우선 단표누항(簞瓢陋巷)이다. 이것은 『논어』「옹야」편에 나오는 구절을 용사하였다. 공자는 자신이 가장 아끼는 제자 안회(顔回)에 대하여 이렇게 말한다. "어질구나, 회야. 대나무 그릇 밥 한 그릇과 한 표주박의 물로 누추한 거리에 있으면 사람들은 그 근심을 견디지 못하는데 회는 그 즐거움을 고치지 않으니, 어질구나, 회야.(賢哉, 回也! 一簞食, 一瓢飮, 在陋巷. 人不堪其憂, 回也不改其樂. 賢哉, 回也!)" 보통 사람이라면 견디기 힘든 가난한 삶을 안회는 전혀 개의치 않고 항상 도를 즐기는 삶을 살아가고 있으니, 스승 공자의 찬탄을 받는 것은 당연한 일이었을 것이다. 이 구절 때문에 '단표누항'은 가난한 살림살이를 상징하는 구절이 되었으며, 동시에 그 속에서도 도를 즐기는 마음을 바꾸지 않는 선비로서의 올바른 마음가짐을 상징하는 구절이 되었다.

경련(頸聯)에 등장하는 소자(邵子)와 연명(淵明)은 사람을 가리킨다. 소자는 중국 송나라 때의 학자인 소옹(邵雍)을 말한다. 그는 특히 『주역』을 정교하게 풀어서 나름대로 학풍을 이룬 사람으로 이름을 날렸다. 그의 시문은 천기(天機)가 발현하는 미묘한 순간을 포착하여 그 기상을 표현하는 것을 특장으로 삼았다. '연명'은 도잠(陶潛)의 자(字)이다. 그는 어지러웠던 동진(東晋) 말기, 관직에서 물러나 은거하여 시와 술로 자연과 함께 자적(自適)했던 은자(隱者)의 대표적인 인물이다. 그의 취기(醉氣)는 언제나 천진함을 동반하였고, 그것이 그의 시 속에 그대로 녹아 많은 사람들이 애송하였다.

미련(尾聯)에 있는 대은(大隱)이란 '위대한 은자'라는 뜻이다. 이는 시은(市隱)이라고도 하는데, 정말 훌륭한 은자는 산속이나 물가와 같은 궁벽진 곳에 숨는 것이 아니라 사람들이 항상 오가며 생활하는 저잣거리에 숨어산다는 뜻이다. 다른 사람들과 함께 자연스럽게 사는 모습에서 진정한 은거의 모습을 발견할 수 있다.

'단표누항'이라는 다분히 상투적인 표현 속에는 윤휴의 곤핍한 일생이 엿보이기도 하지만, 학인(學人)으로서의 자세를 견실하게 지키려는 의지 또한 발견할 수 있다. 구름 걷히고 꽃 만발하면 현실 속에서의 빈부귀천과 관계없이 모든 사람이 이를 보고 즐긴다. 이는 윤휴가 도달한 도경(道境)이었을 것이다. 제월광풍(霽月光風)이라는 표현처럼, 인식의 전환과 함께 찾아오는 넓고 시원한 안계(眼界)는 나와 세계 사이의 간극을 없애준다. 그 밝고도 환한 경계, 그것은 세속적 가치와 무관하게 어떤 사람이라도 즐길 수 있고, 또한 즐겨야만 하는 것이었다. 그렇게 되면 마치 소옹이 보여주었던 넉넉한 기상처럼, 도연명의 취기 속에 넘쳐흐르던 천진함처럼, 나 역시 천지에 또하나의 소옹이요 도연명이 아니겠는가.

그는 그 정도에 이른다면 굳이 적막한 물가를 찾아 사람들을 피해 숨어살면서 낚싯대나 던지는 짓은 하지 않을 것이라고 했다. 이는 도연명이 말한바, "마음이 멀면 땅은 절로 치우치는(心遠地自偏)" 법이라서, 내 마음이 산속이면 어디에 처하든 산속과 같은 삶을 살아갈 수 있다는 자신감의 표현이다. 『진서晉書』「유찬전劉粲傳」에서 말하는바, "은거의 도는 조정에도 숨을 수 있고 저잣거리에도 숨을 수 있다. 은거란 애초에 나에게 있는 것이지 외물에 있는 것이 아니다(隱之爲道, 朝亦可隱, 市亦可隱. 隱初在我, 不在於物)"라는 말이라든지, 왕강거(王康琚)의 시에서 말하는바, "소은은 숲속에 숨지만 대은은 조정이나 저잣거리에 숨는다(小隱隱陵藪, 大隱隱朝市)"라는 말은 윤휴의 시가 말하고자 하는 바에 부합한다.

사실 옛 선비들의 글을 읽다보면 그가 진실로 가난했는지, 아니면 부유했는데 표현을 그렇게 관습적으로 한 것인지를 판단하기가 쉽지 않다. 예를 들면 「어부사시사」라는 빼어난 노래를 지은 고산(孤山) 윤선도(尹善道, 1587~1671)의 경우, 글만 보았을 때에는 매우 가난한 삶을 살았던 선비이지만 실제로는 해남 지역 최고의 부자였다. 이런 점을 발견할 때면 새삼 가난함 혹은 누추함의 의미를 다시 한번 생각해보게 된다. 엄밀히 말한다면, 가난함과 부유함이라는 잣대는 도를 즐기는가 여부의 잣대와는 차원을 달리한다. 공자가 말하는, 유우석이 말하는 누추함이란 단순히 경제적 지표로 획정되는 개념을 말하려 한 것이 아니다. 당연히 그것은 도를 즐기는 삶을 강조하기 위한 것이다. 가난하면서도 도를 즐기는 삶을 살아갈 수 있다면 참으로 대단한 일이지만, 부귀로운 현실 속에서도 자신을 절제하면서 도를 즐길 수 있다면 그 역시 대단한 것이 아니겠는가. 이런 점 때문에 옛 선비들도 자신의 현실이 도와 합치될 수 있기를 기원하고 노력했던 듯하다.

다시 내 주변을 되돌아본다. 비록 좁은 방이지만 사방 벽에 책이 가득하고 창으로는 햇살이 스며든다. 창밖으로는 가을 산이 제 모습을 갖추어가고 있고, 하늘은 더할 나위 없이 푸르다. 도를 이야기할 수 있는 벗이 있고, 음악이 있다. 그러니 누추함이 내게 무슨 문제가 되겠는가.

* 북송의 시인으로 자는 군복(君復), 시호는 화정선생(和靖先生)이다. 서호(西湖)의 고산(孤山)에 은거하며 매화와 학을 사랑하면서 독신으로 생애를 마쳤다. 그의 시는 풍화설월(風花雪月)을 평담(平淡)한 표현으로 읊은 것이 많다. 매화시인으로 불릴 정도로, 매화를 노래한 작품에 걸작이 많다. 『임화정집林和靖集』 4권이 있다.

무욕의 깊은 근원을 찾아서

제월경헌의 「문도들에게 보이다」, 「임종게」

비가 그치자 땅 위로 온갖 풀들이 머리를 내밀기 시작한다. 때로는 서로의 영토를 침범하기도 하지만, 대부분의 풀들은 자신이 어느 정도의 땅을 차지해야 하는가를 정확히 알고 있는 듯하다. 짧은 생을 한껏 즐기기라도 하는 듯이 그들은 오직 살아 있음을 확인하는 일에만 열중할 뿐, 여분의 땅을 비축해두는 풀은 하나도 없다. 그들은 온몸으로 욕심 없는 삶에 대해 말하고 있는 것이다.

드넓은 땅덩어리를 차지하고서도 끊임없이 여분의 땅을 비축하려 애쓰는 인간들을 보면서 나는 다시 봄풀을 생각한다. 결혼을 전후한 시기에 나는 이따금 이런 생각을 한 적이 있다. '저렇게 많은 집 중에 왜 내가 들어갈 집이 하나도 없는 것일까.' 그런 생각을 한 날이면 어김없이 나는 슬펐고, 오백 원짜리 복권을 한 장 샀다. 그 무렵 나는 달을 보려고 세 들어 있는 집 베란다로 나가 서성거리곤 했는데, 그때마다 바로 맞은편에 거대한 옹벽처럼 시야를 가로막은 13평 아파트 단지를 부러운 눈으로 바라보다가 달은 제대로 보지 못한 채 하릴없이 그냥 들어와버리곤 했다.

아무리 소박한 수준의 것이라 하더라도 결국은 욕심이라는 점을 깨달은 것은 훨씬 뒤의 일이었다. 공자는 인생에서 세 가지 경계해야 할 것을 말한 바 있다. 소싯적에는 혈기가 안정되지 않은 상태이므로 여자 문제를 경계해야 하고, 장년에는 혈기가 한창 강해질 때이므로 싸움을 경계해야 하며, 늙어서는 혈기가 이미 쇠퇴하였으므로 욕심을 경계해야 한다는 것이다(『논어』「계씨」편). 늙어서 내는 욕심처럼 추한 것이 없다고 하지만, 사실 욕심치고 추하지 않은 것이 있던가. 그러나 나이가 들수록 무엇을 얻는 것보다 버리는 일이 어렵다는 걸 깨달으면서 공자의 말이 새삼스러워졌다. 애늙은이라는 비난을 감수하면서도 내가 버리는 일에 힘쓰는 것은 그쪽이 비교적 아름다운 욕심이 아닌가 하는 생각 때문이다.

욕심을 버리자 나를 구속하던 것들이 사라지기 시작하였다. 내가 버리는 만큼 거치적거리는 것이 사라졌다. '주인공'으로서의 경계 혹은 '자유인'으로서의 삶을 어렴풋이나마 이해하게 된 것이 아마 이맘때쯤이 아닌가 싶다. 그리고 제월경헌(霽月敬軒, 1544~1633)의 시를 읽다가 무릎을 친 것도 역시 이맘때쯤이 아닌가 싶다.

天地頻浩浩	하늘과 땅 너무나 넓고 넓어
俯仰伊無限	굽어보나 쳐다보나 끝이 없구나
諸人在於斯	이곳에 살아가는 모든 사람들
去住自由云	가고 머물기 자유롭다 하네

—경헌, 「문도들에게 보이다示徒」에서, 『제월당대사집霽月堂大師集』 권상

경헌 스님은 열다섯 살에 출가하여 서산대사의 문하에서 득도한 분이다. 임진왜란을 겪으며 서산대사 밑에서 좌영장(左營將)을 지낸 바 있다. 전쟁 이후에는 금강산, 오대산, 치악산 등지를 다니면서 선풍을 진작하다가, 문득 열반의 징후를 알아차리고는 철원 보개산 심원사로 간다. 임종에 즈음하여 문도들이 굳이 임종게를 청하자 다음과 같은 시 한 수를 보인다.

泥牛入海杳茫然	진흙소가 바다로 들어가 아득해지니
了達三生一大緣	삼생(三生)의 한 큰 인연을 환히 깨쳤다
何事更生煩惱念	무슨 일로 다시 번뇌의 마음 만들어
也來齋閣乞陳篇	재각에 달려와 시를 지어달라 청한단 말인가

스님은 왜 임종에 즈음해서 갑자기 심원사로 가셨을까. 죽음의 그림자를 보았으면서 왜 굳이 먼길을 재촉하여 심원사로 가셨을까. 앞의 시 「문도들에게 보이다」에서 그 단서를 볼 수 있다.

위의 시는 경헌 스님의 문집 제일 첫머리에 수록되어 있다(또한 제월당의 부도 및 비문은 지금도 철원 심원사 터에 남아 있는데, 그 비문에 이 시도 함께 기록되어 있다). 우연일 수도 있지만, 나는 이 시가 문집 전체를 관통하는 중요한 문제를 제기하고 있다고 생각한다. 시간과 공간의 제약을 넘어서는 사람만이 대자유를 누릴 수 있는 자격이 있다는 점이다. 넓고 넓은 하늘과 땅은 단순히 물리적 공간만을 가리키는 말이 아니다. 그것은 천지(天地)와 하나가 된 나의 정신 경계를 말한다. 넓은 정신 경계를 얻으려면 얼마나 많은 것을 버려야 할까. 무엇인가 욕심으로 가득차 있는 정신이라면 공간이 있을 턱이 없다. 끊임없이 버림으로써 빈 공간을 얻고, 비로소 드넓은 정신 경계에 이른다. 끝없는 공간 속에 걸리는 것이 아무것도 없으니 얼마나 자유로운가. 이런 인간이야말로 대자유인이며, 그때가 주인공으로서 우뚝 서는 순간이다.

버림으로써 행복해지는 법을 배우려면 따스한 햇살 아래 연녹색 잎을 피우는 작은 들풀을 바라볼 일이다. 무욕의 경계는 항상 내 옆에서 말없이 나를 감싸고 있다. 그러나 다시 생각해보면, 그런 생각도 역시 버려야 할 구속이 아니겠는가.

무욕과 한가함, 생활의 재발견

환성지안의 「청평사에서」

환성지안(喚醒志安, 1664~1729)이 입적했을 때 한라산이 사흘간 울고 바닷물은 들끓어올랐으며 인천(人天)은 모두 머리를 조아려 예를 표했다고 한다. 산이 울고 바다가 몸부림치고 인간과 천상에서 그의 입적에 예를 표했다는 장엄한 묘사로 시작되는 지안 스님의 비문은 전체적으로 자못 비장함이 감돈다.

지안 스님은 춘천 사람이고 속성은 정씨(鄭氏)이다. 호는 환성(喚醒), 자는 삼락(三諾)이며, 현종 5년 6월 10일에 태어났다. 열다섯 살에 출가하여 용문산 상봉정원(霜峯淨源) 스님에게 구족계를 받았고, 열일곱 살에 월담설제(月潭雪霽) 스님에게 심법을 전수받음으로써 청허휴정(淸虛休靜) 스님의 적손이 된다. 조선 영조 때 홍계희가 쓴 지안 스님의 비문을 보면, 지안 스님의 스승으로 청허휴정(1520~1604), 편양언기(鞭羊彦機, 1581~1644), 풍담의심(楓潭義諶, 1592~1665) 등을 들고 있다.

지안 스님은 스물일곱 살 되던 해에 금산(金山) 직지사(直指寺)에서 모운(慕雲) 스님이 법을 펴고 있다는 소식을 듣는다. 모운 스님은 단번에 그의 법기(法器)를 알아보고 사자좌(獅子座)를 넘겨준다. 결국 그는 직지사에서 대중에게 법석을 열게 된다. 논의의 정밀함, 시공을 꿰뚫는 호쾌한 시각, 막힌 둑을 탁 터뜨리고 기운차게 흘러가는 도도한 강물 같은 변설 등은 당시 많은 사람들에게 인상적으로 받아들여졌다. 그의 법문을 듣고 많은 대중이 크게 깨달았으며, 4백여 명의 스님이 운집하여 종풍을 크게 떨쳤다고 한다.

지안 스님이 춘천 청평사와 인연을 맺게 된 계기는 무엇이었을까. 직지사 이후 징광사, 지리산, 금강산 정양사 등을 두루 다니면서 정진하던 지안 스님은 고향인 춘천에 잠시 머무르게 된다. 문집이 약간 남아 있기는 하지만, 주석하신 시기는 정확하지 않다. 어떻든 청평사를 찾아왔을 때 절은 과거의 번성함을 잃고 그저 황폐한 고찰로 남아 있었던 것 같다. 다음의 시는 바로 그때 지은 것이 아닐까.

幾墟千古寺	몇 번이나 폐허가 됐을까, 저 오랜 절
寂寞掩柴扉	고요히 사립문도 닫혀 있다
庭草知僧少	뜰엔 풀이 무성하니 스님 적은 줄 알겠고
逕苔認客稀	오솔길엔 이끼 껴, 길손 드문 줄 짐작하겠다

鴉偷園爪盡　　갈까마귀 몰래 드나들며 텃밭 오이 다 따먹고
鼠穴土墻依　　흙담에 나 있는 쥐구멍들
庵主忘機坐　　주지 스님은 세상 욕심 잊고 앉아 있으니
林鼯戱上衣　　숲속 다람쥐가 짐짓 옷깃에 올라와 논다

—지안, 「청평사에서題淸平寺」, 『환성시집』

당나라 영현(永玄) 스님이 창건한 이래 한동안 폐찰이 되다시피 하며 겨우 명맥만 이어오다가, 고려 예종 때 이자현이 머물면서 거사불교를 진작함으로써 그 이름을 널리 떨친 청평사. 대덕이 잠시 스쳐가면서 아름다운 경관을 노래하기도 했지만, 청평사가 다시 번성함을 찾은 것은 조선 명종 때의 보우(普雨, ?~1565, 호는 허응당虛應堂) 스님 때였을 것이다. 기록에 따르면 법당에는 옻칠을 했고, 절 주변에는 기화요초를 심어서 그 화려함이 이루 말할 수 없었다고 한다. 그러나 보우스님의 급격한 몰락과 임진왜란을 거치는 동안 절은 다시 폐허가 된다. 그사이에 환적당 의천(幻寂堂 義天, 1603~1690) 스님이 여덟 암자를 중건하면서 수행을 하긴 했지만 스산함은 여전했다.

지안 스님이 청평사에 왔을 때에도 황폐함은 여전했을 것이다. 위의 시에서 노래하고 있는 절의 풍경이 당시 상황을 그대로 전해준다. 사립문은 닫혀 있다든가, 뜰에는 풀이 무성하게 자라나 스님들이 거의 없음을 알게 해준다든가, 절로 올라가는 길에는 이끼가 잔뜩 끼어 있어서 신도들의 발길이 끊어졌음을 알려주는 표현은 깊은 산속 절의 그

림자를 참으로 우울하게 만든다.

그럼에도 이 시를 읽는 우리의 마음이 어두워지지 않는 것은 무엇 때문일까. 그것은 아마도 시의 뒷부분 때문일 것이다. 우선 절의 황폐함을 드러내기 위해 갈까마귀와 쥐구멍을 이용했다. 텃밭의 오이를 훔치느라 들락거리는 갈까마귀나 절의 토담에 뚫린 쥐구멍은 결코 비난의 뜻에서 등장시킨 것으로 보이지 않는다. 그런 상황임에도 여전히 세상 욕심을 잊고 지내는 주지 스님의 모습, 스님의 옷깃에 올라 장난하는 다람쥐의 모습은 앞에 등장하는 황폐함을 묻어버리기에 충분하기 때문이다. 욕심을 버리고 자연 속에 섰을 때 비로소 우리 또한 자연의 일부가 될 수 있다. 길섶의 민들레가, 언덕 위의 작고 굽은 소나무가, 혹은 발에 채는 돌부리가 무슨 욕심을 보이던가. 욕심 없이 스스로 그러할 뿐 아니겠는가. 이 시에 등장하는 주지 스님 역시 욕심을 버리고 자연의 일부가 되자, 다람쥐도 함께 놀며 장난할 수 있었을 터이다. 적막함과 황폐함에서 시작해서 결국은 자연과의 일치에 이르는 시상(詩想)이 만만치 않다.

청평사에 가보면 길옆에 영지(影池)라는 작은 못이 하나 있다. 특히 맑은 가을날이면 떨어진 잎 사이로 비치는 산봉우리의 그림자가 참으로 아름답다. 지안 스님이 청평사에 계실 때 영지를 가리고 있는 낙엽이며 흙을 쳐내다가 작은 비석을 발견했는데, "儒衷冠婦千里來"라는 글귀가 보였다. 이것은 일종의 글자 수수께끼인데, 바로 지안 스님이 다시 이곳에 와서 절을 중흥시킨다는 의미이다. '儒'는 선비라는 뜻이니 '士' 와 통하고 '衷'은 마음이니 '心'과 같다. '冠婦'는 갓을 쓴 부인이니, '宀'에 '女'를 합쳐 '安'이 된다. '千里'라는 두 글자를 합치면 '重(거듭 중)' 자가 된다. 결국 이 구절은 '지안중래(志安重來)', 지안이 다시 온다는 뜻이 아니겠는가. 과연 그 구절대로 청평사는 지안 스님 덕에 다시 활력을 찾았다.

1725년에 스님은 금산사에서 화엄대법회를 연다. 이 법회는 참석 인원이 1천4백 명이나 될 만큼 성황을 이룬다. 그러나 4년 뒤, 화엄대법회 때문에 무고를 당하여 제주도로 유배 가게 되고, 그곳에서 입적한다. 세수 66세, 법랍 51세.

2월의 바람 속에서 청평사를 오른다. 소양댐 칼바람이 아직은 차지만, 얼어붙은 산기슭에 봄기운이 떠돈다. 봄은 마음으로부터 오는가보다.

끝없는 우주 한가운데, 깨어 있는 정신

풍계명찰의 「한계사」

세상 어디엔들 세월의 흔적이 없을까마는, 절터만큼 많은 생각을 일으키는 곳도 흔치 않다. 한때는 화려한 종풍(宗風)을 떨치며 불법을 강론하던 곳이 그저 흔들리는 풀잎 사이에 묻혀 이제는 사람의 발길마저도 끊어진 곳. 이 나라 곳곳에 '절골'이라는 지명으로 촌로들의 기억 속에 희미하게 남아 있는 곳. 건물은 사라져 흔적조차 없고, 이따금씩 기와 조각만이 발끝에 차이는 곳. 무성한 잡풀 사이로 과거에는 탑이었을 성싶은 돌조각들이 신산한 삶을 누인 곳. 절터를 가본 사람이라면 안다. 세월의 더께에 눌려 이제는 사라지고 싶은 돌조각들의 꿈을.

인제 쪽에서 한계령을 넘으려다 만나는 장수대 주차장에 차를 세우고 그저 3분만 한가하게 걸으면 절터 하나가 나타난다. 한계사 터이다.

넓은 절터 여기저기에는 과거의 화려함을 조금이나마 증거해주는 탑과 조각물들이 있다. 어쩌다 가랑비 내리는 아침 9시경이나 땅거미 질 무렵 이곳에 가보면 가슴으로 밀려드는 서늘한 기운을 느낄 수 있을 것이다. 세월의 무게를 이기지 못해 사라지는 쓸쓸함이라기보다는 원래 그렇게 산자락에 누워 있었던 것 같다는 생각이 든다. 탑 앞에 서 있는 맞은편 산의 장중함이며, 보이지는 않지만 아래쪽에서 들리는 계곡의 물소리 때문에 그런 느낌이 드는 것일까. 서울이나 경기 번호판을 단 행락 차량이 그렇게도 많이 지나다니는 길옆이면서도 탑 앞에 서면 마술에 걸린 듯 인간 세계의 소리가 사라져버리는 곳이어서 그럴지도 모른다. 이곳의 빼어난 풍광에 매혹된 사람이 어디 한둘이겠는가. 나는 홀연 풍계명찰 스님의 감탄을 떠올린다.

명찰(明察, 1640~1708) 스님의 속성은 박씨이고 자는 취월(醉月), 호는 풍계(楓溪)이다. 대대로 고관대작을 배출한 명망 있는 가문 출신이다. 어머니가 흰색 노을을 품에 안은 꿈을 꾸고 난 뒤 임신을 했다고 한다. 어렸을 때부터 명민한 재질을 드러내어 기동(奇童)으로 불렸단다. 그런데 무슨 연유에서인지 열한 살 되던 해에 홀연 출가한다. 당시 춘천의 청평사 양신암에는 환적의천(幻寂義天, 1603~1690) 스님이 수도 중이었다. 바로 의천 스님에게서 삭발을 한 것이다. 다음해 집에 잠시 다니러 갔을 때 부모님의 환속 권유가 심했으나 뜻을 꺾지 않고 다시 금강산으로 가서 편양언기(鞭羊彦機, 1581~1644) 스님의 제자였던 풍담의심(楓潭義諶, 1592~1665) 스님의 문하로 들어가 공부를 계속한다. 그

후 용문산, 오대산, 치악산, 구월산 등 전국의 명산을 돌면서 정진하다가 가야산 백련암에서 열반의 시기를 기다린다. 1708년 6월 3일, 예순여덟 살 되던 자신의 생일에 홀연 병이 든다. 6월 7일 아침, 스님은 일어나 옷을 갈아입고는 제자들을 불러모아 당신이 떠나심을 예고한다. "허망한 바다에 떴다 잠기기 그 몇 해던가, 무대에서 허수아비 희롱하는 사람 되었구나(幻海浮沈度幾春, 棚頭又作弄鬼人)"라는 열반송을 읊고는 서쪽을 향하여 합장하고 열반에 든다.

스님의 시 중에서 한계사를 노래한 작품이 있다. 정확하지는 않지만 그 제자 문일(聞佾) 스님의 글에 의하면, 명찰 스님이 설악산을 유력한 시기는 아마 40대 초반이 아니었을까 싶다.

爲愛寒溪境絕奇	한계사의 빼어난 경계 사랑스러워
偶携甁錫叩禪扉	우연히 병과 석장 짚고 선방 문을 두드렸네
山含淑氣淸嵐濕	산은 맑은 기운 머금어 청정한 산안개 촉촉하고
瀑帶重雲白練微	폭포는 몇 겹 구름 둘러 흰 비단 희미한 듯
松月影臨眠鶴背	달빛 속 소나무 그림자는 잠든 학 등에 비치고
風雷聲壯毒龍威	바람과 우렛소리는 독룡의 위엄보다 장쾌하다
碧窓冷觸惺無夢	푸른 창으로 들어오는 서늘한 기운에 또렷이 꿈 없는데
激激飛湍撩靜機	격렬히 나는 듯한 저 여울물 고요한 기미를

흔든다

—명찰, 「한계사寒溪寺」, 『풍계집楓溪集』 권중

이 시는 명찰 스님의 설악산 연작시 중 하나이다. 스님은 전국의 이름난 산수를 방랑하다가 설악산에 이르러 신흥사, 봉정암 등을 둘러보고 뛰어난 풍광을 시로 읊었다. 제목으로 미루어보건대 모두 20수였을 것이나 지금 스님의 문집인 『풍계집』에 실려 전하는 것은 5수밖에 없다. 이 시는 「한계사」라는 제목으로, 그중 제일 앞에 실려 있다.

병 하나 허리에 꿰차고 지팡이 짚은 모습에서 명찰 스님의 조촐한 행색을 짐작한다. 추정컨대 금강산에서 남하하는 도중 우연히 만난 한계사의 절경 때문에 머무르고 싶은 마음이 일었을 것이다. 스님의 문집에서 「관동록關東錄」이라는 제목으로 남아 있는 시들은 스님의 시인적인 기질을 잘 보여준다. 아름다운 경치와 좋은 사람을 만나면 서슴없이 시를 짓는 모습. 그에게는 아마도 시를 짓는 일이 곧 공부였을 것이다. 시선일여(詩禪一如)의 경지. 정진중인 스님의 눈길이 머무는 곳에서 시가 지어졌으니, 이야말로 시(詩)와 참선이 하나가 된 경계가 아닌가.

절 주변의 산은 맑은 기운을 머금고 있어, 온몸에 아침저녁으로 남기(嵐氣)를 휘감고 있다. 남기란 아침저녁으로 산에 드리워지는 푸른 기운이다. 안개 같기도 하고 연기 같기도 한 것. 그것이 남기이다. 또한 한계사 옆 계곡으로 올라가면 지금도 있는 폭포는 마치 흰 비단을 걸쳐놓은 듯 아련하다. 그뿐인가. 달빛 은은한 가운데 소나무 그림자는 잠든 학의 등에 어리어 이곳을 청정한 곳으로 만들고 있으며, 스쳐 지나가는 바람과 우렛소리는 얼마나 장쾌한지 깊은 못 속의 나쁜 용의 울림소리를 압도한다. 이처럼 세상의 경계를 떠난 자리인 한계사의 창가에 앉으니 티끌 같은 생각이 사라져 맑은 정신을 드높이는데, 아래쪽에 흐르는 격렬한 물소리가 고요함을 흔든다고 했다. 작품 속에 고요함(靜)과 움직임(動)의 교차를 배열함으로써 묘한 변화를 주고 있다. 즉 산과 폭포, 소나무 그림자와 바람과 우렛소리, 잠든 학과 나쁜 용, 조용한 창가와 격렬한 여울의 대비를 통해 작품이 단순한 경물의 묘사를 뛰어넘도록 하는 솜씨가 대단하다.

바쁜 세상살이 속에서 우연히 이곳을 들를 기회가 있다면, 명찰 스님처럼 우연히 이곳을 지날 기회가 있다면, 넓은 절터 저편에 서 있는 탑 앞에 앉아보라. 끝없는 우주 한가운데에 깨어 있는 정신으로 홀로 서 있는 나를 발견할 수 있을 것이다.

깊은 밤,
창밖에 눈 내리는 소리 들리고

유장경, 유종원, 이제현의 시

며칠째 눈이 내리고 있다. 온종일 눈은 쉬지 않고 내린다. 곳곳에서 도로가 막혔다는 소식이 들려온다. 창밖은 온통 뿌연 설연(雪烟)으로 가득하다. 멀리 보이는 산이 희미해지는가 싶더니 어느샌가 바로 앞 아파트도 자신의 흔적을 눈발 속으로 묻어버린다. 순식간에 모든 경계는 허물어지고 세상은 하나가 된다. 끊임없이 세계를 타자화하면서 자아의 정체성을 확인해오던 내게 이런 세상은 문득 낯설게 느껴진다. 머릿속으로는 무수히 물아일체(物我一體)를 떠올리지만, 기실 내 삶은 얼마나 세상을 분절해왔던가.

눈이 쌓이기 시작하자 삶이 달라진다. 평소에는 세상을 오유(傲遊)하듯 거닐던 사람들도 눈이 깔리기 시작하면 조심스러운 몸짓으로 자신을 한없이 낮춘다. 눈이 내리고 길 위의 눈이 사람들의 발걸음에 다져져서 단단한 얼음처럼 되면 누구나 조심스럽게 걸음을 옮긴다. 걸음마를 연습하는 아기처럼.

눈이 오기만 하면 중학교 시절 한문 교과서에 실렸던 한시 구절 하나가 떠오른다. 출전이나 작자는 몰랐지만, 김삿갓의 시라는 사실을 안 것은 훨씬 뒤의 일이었다.

"月白雪白天地白, 山深夜深客愁深", "달 희고 눈 희어 천지가 희고, 산 깊고 밤 깊어 나그네 근심 깊다"는 뜻이다. 대구(對句)의 묘미라든지 쉬운 글자를 이용한 교묘한 표현을 설명하기 위한 예문이었을 테지만, 오래도록 마음에 남아 있는 것은 짧은 두 구절에 오롯이 스며 있는 외로운 나그네의 발자취 때문이다. 태를 묻은 땅에 뿌리내리지 못하고 평생 선바람 쏘이면서 지팡이에 의지해 살아온 나그네라면 아마 이 구절을 토해내고 한참을 울었을 법도 하다. 산이 깊고 밤이 깊다는 표현 속에 시간과 공간을 모두 배치한 후 그 속에 나그네의 근심을 슬쩍 집어넣었다. 그 순간 나그네의 근심은 무한한 시간과 공간 속에서 증폭되어, 단순한 개인적 차원의 문제에서 우주적 차원의 문제로 확대된다. 게다가 눈이 쌓이고 그 위로 눈부신 달빛이 부서질 때 천지는 흰빛으로 온통 가득한데, 이러한 배경 속에서 나그네의 근심은 다분히 탈속적인 느낌을 준다. 기실 깜깜한 밤중에 홀로 앉아 있는 모습보다는 위의 시구와 같은 환경에서 우리는 나그네의 근심을 강하게 포착하는 것이다.

어렸을 때 내가 살던 집은 대숲으로 둘러싸인 작은 초가였다. 당시에는 전기도 들어오지 않아서 밤이면 일찌감치 군불을 지펴놓고는 호롱불을 켜놓고 늦도록 책을 읽었다. 할머니는 옆에 앉아 말없이 바느질을 하시거나 베를 짜기 위해 삼〔麻〕을 삼으셨다. 겨울밤은 소리 없이 깊어갔다. 그러다가 문득 할머니는 혼잣말을 하듯 툭, 말씀을 던지신다. "눈이 오는구나."

책을 읽다가 느닷없는 할머니의 말씀에 나는 확인이라도 하듯 방문을 연다. 칠흑 같은 어둠을 배경으로 함박눈이 펑펑 쏟아지고 있다. 너무도 신기해서 어떻게 아셨느냐고 묻는다. 할머니는, "들리잖니" 하면서 그림처럼 웃으신다. 그러고는 이내 하시던 일 속으로 들어가 다시 겨울밤의 고요를 만들어내셨다.

겨울밤은 기묘하게도 사람의 감각을 섬세하게 만든다. 그래서 유난히 문밖의 작은 소리에도 귀를 쫑긋 세운다.

日暮蒼山遠	해 저무는데 푸른 산 멀고
天寒白屋貧	날 추운데 가난한 집 썰렁도 해라
柴門聞犬吠	사립문에 들리는 개 짖는 소리
風雪夜歸人	눈보라 치는 밤에 돌아가는 사람

—유장경劉長卿, 「눈을 만나는 바람에 부용산에서 묵다逢雪宿芙蓉山」, 『고문진보』

당나라의 가장 화려했던 시기를 살면서 오언시의 귀재로 꼽혔던 유장경(709~780?)*의 작품이다. 제목처럼 작중 화자는 먼길을 가는 나그네였던 모양이다. 느닷없이 눈을 만나 부용산에서 묵게 되었다. 해는 저물고 푸른 산은 멀기만 하다. 날은 추운데 묵어가자고 들어간 집은 한기(寒氣) 때문에 썰렁한, 정말 가난한 집이다. 사정이 이러니 나그네에게 잠이 올 리 만무하다. 잠자리에 누웠어도 쉽게 잠들지 못하고 뒤척이는 베갯머리에 개 짖는 소리가 들린다. 작자의 예민한 감성과 상상력은 개 짖는 소리에서 자연스럽게 개를 짖도록 만든 또다른 나그네에게 닿는다. 마지막 구절에서 작자는, 눈보라 몰아치는 밤, 자신처럼 길을 떠나 먼 지방을 떠도는 사람이 또 있구나 하는 마음을 담았다. 표면적으로는 호기심의 발로이지만, 조금만 들어가보면 그 이면에는 쓸쓸함과 연민 등의 복합적인 감정이 스며 있으며, 그러한 감정은 이내 자신을 향하고 있음을 느낄 수 있다.

이와는 다르게 당나라 때의 문인 유종원(柳宗元, 773~819)의 한시에서는 작중 화자의 자연에 대한 깊은 애정이 새로운 경계까지 나아간 것을 볼 수 있다.

千山鳥飛絕	온 산에 새 날지 않고
萬逕人蹤滅	길마다 사람 자취 없다
孤舟蓑笠翁	외로운 배에 도롱이 입은 늙은이
獨釣寒江雪	홀로 겨울 강 눈 속에서 낚시질한다

—유종원柳宗元, 「강에는 눈 내리고江雪」, 『고문진보』

눈이 내리자 산과 길은 온통 흰빛뿐이다. 천지가 온통 꽝꽝 얼어붙은 한겨울, 눈 내린 자연의 풍광은 극에 달했다. 새도 날지 않고 사람 자취도 없는 강가에서 오직 노인만이 낚싯대를 드리우고 있다. 움직이되 움직이지 않는 노인, 이 노인은 눈 내리는 강가에서 천지와 하나가 되었다.

이 작품을 꼼꼼히 읽으면 자연에 대한 작자의 욕심을 쉽게 포착할 수 있다. 산새도, 다른 사람들도 모두 시 밖으로 보내버리고 눈 내리는 강가에서 낚시를 하는 노인을 등장시켜 온전히 전유(專有)하고 있다. 이 정도의 욕심이라면 참으로 한 번쯤은 부러워볼 만한 것 아니겠는가.

그런가 하면 눈이 내린 날 아침의 새로운 느낌을 시로 옮긴 것도 있다.

紙被生寒佛燈暗	홑이불엔 찬 기운 나고 등불은 어둑한데
沙彌一夜不鳴鐘	사미승 한밤 내내 종 울리지 않는다
應嗔宿客開門早	나그네 일찍 문 연다 응당 성내겠지만
要看庵前雪壓松	암자 앞 눈에 눌린 소나무는 보아야겠지

—이제현李齊賢, 「산속 눈 내리는 밤山中雪夜」, 『익재난고益齋亂藁』

고려 말 익재 이제현(1287~1367)은 젊은 시절을 드넓은 원나라에서 보냈다. 고려 충선왕을 보좌하면서, 만권당(萬卷堂)을 드나드는 당대 최고의 문인 학자들과 교유하면서 사유의 폭을 넓혔다. 위의 시에서도 그러한 이제현의 기상을 엿볼 수 있다. 추운 겨울, 암자에서 묵게 된 작중 화자는 밤새도록 얇은 이불이 허용하는 추위로 잠을 못 이루었던 듯하다. 한밤 내내 켜놓았던 등불이 가물가물한데 밤이 새도록 사미승이 종을 치지 않는다는 관찰은, 그만큼 이제현이 아침을 기다렸다는 표현을 함축하고 있다.

종소리는 들리지 않았지만, 하늘이 희뿌윰해지자마자 작중 화자는 즉시 나가서 문은 열어젖힌다. 사미승이야 물정 모르는 속세의 나그네가 드물게 보는 산속 경치에 반해서 일찍부터 설쳐댄다고 화를 낼 터이지만, 작중 화자의 마음은 다른 곳에 가 있다. 암자 앞 눈에 눌린 소나무를 보려고 뛰쳐나온 것이다.

이제현의 이 작품은 여러 가지 미덕을 지니고 있다. 홑이불을 덮고 추위에 떠는 모습이 생생하고도 짧게 묘사된 것이라든지, 나그네와 사미승의 기묘한 신경전을 잘 그리고 있다든지, 밖의 소리에 신경을 곤두세우고 추운 밤을 견디는 모습이 손에 잡힐 듯이 그려지고 있는 것 등은 이 작품의 미덕이다. 그러나 이 시의 압권은 결구(結句: 제4구)이다. 계속 내린 눈을 온몸으로 이겨내면서 버티고 있는 소나무의 모습은 참으로 강렬한 인상을 준다. '壓(누를 압)' 자가 주는 두툼한 무게와, 그것을 견디고 있는 소나무의 자세에서, 활을 쏘기 위해 잔뜩 시위를 당겨놓은 상태와 같은 팽팽한 긴장감을 느낄 수 있다. 그것은 동시에 작자의 서늘한 정신적 긴장이기도 하다.

할머니의 귀에는 분명히 들렸던 눈 내리는 소리는, 이제 나이를 제법 먹은 내 귀에는 아직도 들리지 않는다. 아파트와 텔레비전, 화려한 전등불, 자동차와 매연, 인간과 인간의 두꺼운 벽으로 둘러쳐진 세계에서, 여전히 내 귀는 자연과 소통 불능의 상태에 있다.

* 당나라 때의 시인으로, 자는 문방(文房)이다. 오언시에 능하여 오언장성(五言長城)이라 불리기도 하였다. 전원과 산수 묘사는 도연명과 왕유, 맹호연과 통하는 바가 있다. 강직한 성격으로 두 차례나 유배를 당하여 실의의 세월을 보냈다. 그의 시에 유배당하여 실의 속에 보내는 생활과 깊은 산골에 숨어살려는 정서를 그린 작품이 많은 것도 이런 연유에서이다. 작품에 『유수주시집劉隨州詩集』 10권과 『외집外集』 1권이 있다.

3부

진실된 경계

아름다움의 허망함

백운경한의 「낙가산으로 사람을 보내며」

무지개를 보며 감탄을 토한 적이 있는 사람은, 오를 수 없는 곳에 대한 열망과 그리움을 짐작하리라. 멀리서 보면 무척이나 아름답지만 다가가려면 어느새 산 너머로 도망가 있거나 흔적 없이 사라지는 무지개. 여름날 오후 소낙비 한차례 지나가고 잠깐 눈을 들어 하늘을 보면 마술처럼 땅으로 고개를 숙이고 고즈넉이 서 있는 무지개. 언젠가 그 한쪽을 잘라 아내의 목도리를 해주고 싶다는 생각을 한 적이 있다.

우리는 무엇인가 가지고 싶다는 생각을 하다가도 문득 욕망의 덧없음을 깨닫게 되면 얼굴을 붉힌다. 누군가를 그리워하고, 무엇인가를 가지고 싶어하고, 가보지 못한 곳에 대한 막연한 기대를 마음 한켠에 숨겨두는 일은 결핍에 대한 허전함 때문에 일어나는 마음의 작용이다. 어디든 통하면서 어디에도 통하지 못하는 마음의 오묘함 앞에서 우리는 때때로 혼란스러움을 느낀다. 그러다가 우연히 경한(景閑, 1299~1374) 스님의 시를 읽고, 헝클어진 마음을 풀 실마리를 얻을 수 있었다.

妙體由來無處所	묘체는 원래 일정한 거처가 없는 것
觀音豈在海門東	관음께서 어찌 바다 동쪽에만 계시리오
何處靑山不道場	푸른 산 어디인들 도량 아니랴
何須特禮洛迦山	어째서 꼭 낙가산에 예를 올리리
無爲心內起悲心	무위심 안에서 자비심 일으키고
無相光中有相身	상 없는 빛 중에 상 있는 몸
欲識圓通眞境界	두루 통하는 진실된 경계를 알려 하면
落花啼鳥一般春	꽃 지고 새 우는 저 봄이라네

—경한, 「낙가산으로 사람을 보내며送人洛迦山」(연작시 4수 중 제1·4수), 『백운화상어록白雲和尙語錄』 권하

『삼국유사』에 의하면 낙산사는 백의관음(白衣觀音)이 머물러 계시는 곳이라 한다. 서역에는 관세음보살께서 계시는 보타낙가산이 있다고 해서 이곳을 낙가산이라 부르게 되었다고 한다. 힘들 때마다 관음의

명호를 부르고 도움을 청하는 것은 세상의 어떤 권력도 가지지 못한 숱한 민중의 소망이 모여서 이루어진 것일 터이다. 현실에서 보면 가긍하기 이를 데 없지만 한 겹 밑을 들추어보면 그 역시 결핍을 만회하려는 욕망의 소산이다. 기실 관세음보살이 어느 한곳에만 계신다면, 그리하여 반드시 그곳에 가야만 친견할 수 있다면 얼마나 슬픈 일인가.

낙가산 낙산사로 간다는 어느 스님에게 송별시를 주면서 경한 스님이 말씀하시는 바는 얼핏 단순하기까지 하다. 관세음보살을 친견하기 위해, 그리하여 오묘한 불법의 진체(眞體)를 얻기 위해 그토록 먼길을 간다는 것은 어떤 의미를 갖는지 생각해보자는 것이다. 시에 나오는 묘체(妙體)는 불보살의 법신(法身)이다. 마음속을 잘 들여다보면 거기 연꽃 위에 조용한 웃음과 함께 관음이 앉아 나를 보고 계실 터인데, 꼭 멀고먼 동해까지 가야 한다는 것은 본질에서 벗어난 일이라는 의미이다. 마음 한번 돌리면 어느 청산인들 원통(圓通)의 경지가 아니겠으며, 어느 청산인들 불도량(佛道場)이 아니겠느냐는 말이다. 그런데도 먼길을 걸어 동쪽 바닷가의 낙산사로 간다는 것은 무엇인가 간절하게 바라는 마음이 있다는 것이고, 그렇다면 겉으로는 진실하고 두터운 불심이 드러나지만 그것은 욕망 표출의 변형된 형태라고 해석할 수 있다.

어떤 행동으로도 자신의 욕망을 정당화할 수는 없는 일이다. 아무리 오래 수행을 했다 하더라도 욕망을 없애지 못한다면 사사로운 마음을 어찌할 수 없는 법. 그런 마음속에서는 자비심도 불심도 자라지 못할 것이다. 인위적인 마음의 상태가 없어진 무위심(無爲心) 속에서만 자비의 마음을 일으킬 수 있다는 말이 바로 그것이다. 무심한 마음, 무위의 눈으로 세상을 바라볼 때 비로소 사물의 본래 모습이 보인다. 그야말로 산은 산이고 물은 물이 되는 것이다. 꽃 지고 새 지저귀는 늦봄의 풍광을 있는 그대로 살피는 욕망 없는 마음이야말로 진실한 경계가 아니겠는가.

경한 스님의 호는 백운(白雲)으로, 전북 고부 출신이다. 어려서 출가하여 수행에 힘쓰다가 중국으로 가서 임제선풍(臨濟禪風)을 공부하고 귀국했다. 그 자신이 수만 리의 목숨 건 구법여행(求法旅行)을 했고, 그렇게 자유로운 모습으로 떠돌아다니는 이미지에서 '백운'이라는 호를 사용할 만큼 방랑에는 이력이 난 몸이었다. 그런데 어느 날 백의관음이 계시는 낙산사로 간다고 하니, 떠나는 스님께 동해 끝에 있는 낙산사를 보지 말고 마음속에 있는 낙산사를 보라고 한마디하신 것이다.

멀리서 보면 아름답지만 가까이 가면 아무것도 잡히지 않는 무지개처럼, 세상의 사물 역시 아름다움 속에 허망함을 감추고 있는 것 아니겠는가. 비록 몸은 개경에 있지만 스님의 정신세계는 이미 낙산사로 가득차 있고, 나아가 길 떠나는 스님의 마음속에도 이미 낙산사가 있음을 보고 계시는 것이다.

혹여 모를 일이다. 내일 아침 아파트 창문을 열고 앞산을 바라보면 거기 홀연히 낙산사가 있고, 경한 스님이 무심한 눈길로 세상을 어루만지고 있을지.

언어의 저편

익장의 「낙산사」

언어의 감옥은 너무나 견고하고 거대해서 우리가 태어날 때부터 있었다는 듯 천연덕스럽게 삶의 본질과 동거하고 있다. 세상 만물 중 이름 없는 것이 어디 있을까 싶기도 하지만, 사실 이름이 없다면 아무것도 존재하지 않을 것이다. 존재하는 사물 중 우리가 그 이름을 모르는 것들이 무수히 많지 않느냐고 되물을지도 모른다. 봄꽃의 이름을 누가 다 알 것이며, 여름 바닷가에서 유유히 노니는 물고기들의 이름을 누가 모두 알 것인가, 라고. 그러나 우리는 그들의 이름을 모른다고 말할 뿐, 이름이 없다고 말하지는 않는다.

옛글을 읽을 때면 위대한 시인에게 압도당하는 때가 있다. 그의 이름에 압도당하는 것이다. 그러나 순전히 개인적인 생각으로 말한다면,

나는 그러한 이름에서 신비로움을 느끼지는 않는다. 압도당하는 경우도 종종 있지만, 신비롭게 느껴지지는 않는다는 말이다. 오히려 작자 미상의 시문에서 생각의 향기를 느낄 때 참으로 행복하지 않은가.

고려 후기의 스님 중에 익장(益莊)이라는 분이 있다. 정확한 생몰년이나 이력은 알 길이 없다. 조선 전기에 편찬된 『동문선東文選』이나 『동국여지승람東國輿地勝覽』에 그의 시와 기(記)가 각각 한 편씩 전하기는 하지만 다른 기록이 없어서 더이상 내력을 알 수는 없는 분이다. 익장 스님의 기는 낙산사의 창건설화를 주요 소재로 한 것이다.

낙산사 바닷가에는 바닷물이 항상 드나드는 큰 바위굴이 있다. 세상 사람들은 이곳을 관음보살이 계시던 곳이라고 한다. 신라 때 의상대사가 관음보살을 친견하고자 이곳을 찾았다. 굴 앞으로 오십 보쯤 되는 곳에 바위가 하나 솟아 있는데, 넓이는 돗자리 하나 깔 만한 정도이고 파도가 칠 때마다 드러났다 가라앉았다 하는 곳이었다. 의상대사는 그곳에서 배례하면서 정성을 들였다. 무려 27일이나 그렇게 하였는데도 관음보살을 친견할 수 없었다. 이에 자신의 몸을 바다에 던졌는데, 동해 용왕이 물 위로 꺼내놓는 것이었다. 이어 관음보살이 바다 위로 팔 하나를 내밀어 수정염주를 주면서 "내 몸은 직접 볼 수 없다. 다만 굴 위에 두 그루의 대나무가 솟아난 곳이 있는데, 그곳이 나의 머리꼭지이다. 그곳에 절을 지어라"라고 하시는 것이었다. 용 역시 여의주와 옥을 바쳤다. 의상대사는 그 말대로 절을 지었고, 그것이 바로 낙산사라는 것이다. 이것이 익장 스님의 글에 보이는 창건설화의 대

략이다. 그러면서 스님은 "사람이 굴 앞에 와서 지성으로 배례하면 파랑새를 볼 수 있다"고 하는 당시 소문을 덧붙였다.

이 말은 아마 원효대사와 관련 있는 전설에서 나온 것이 아닐까 싶다. 『삼국유사』에는 의상대사의 낙산사 창건설화와 함께 원효대사의 설화도 기록되어 있다. 원효대사가 이곳 홍련암에 예불하려고 오다가 남쪽 교외에 이르러 두 여인을 만난다. 첫번째 여인은 벼를 베고 있었는데, 원효대사가 장난삼아 벼를 달라고 하니 아직 낟알을 맺지 않았다고 대답하더란다. 두번째 여인은 시냇가에서 개짐을 씻고 있었는데, 원효대사가 물을 달라고 하자 개짐 씻은 물을 주더라는 것이다. 그래서 그 물을 버리고 시냇물을 떠먹었다. 이때 들판 가운데에 서 있던 소나무 위에서 파랑새 한 마리가 다가오더니 가지 말라고 말하는 것이었다. 깜짝 놀란 원효대사가 뒤를 돌아보니 이미 두 여인은 사라지고 없었다. 두 여인이 관음보살이었던 것이다. 비천하고 평범한 모습 속에 관음보살이 계신다고 하는 진리가 이야기 저편에 숨어 있는 것이다.

아마도 익장 스님은 이 얘기를 알고 있었던가보다.

海岸高絕處	바닷가 높다란 곳
中有洛迦峯	거기에 낙가봉 있지
大聖住無住	위대한 성인 머무름 없는 곳에 머무르고
普門封不封	보문은 닫지 않은 것으로 닫았네
明珠非我欲	명주는 내가 바라는 것 아니고

青鳥是人逢　　파랑새는 그분이 만났나니
但願洪波上　　다만 원하는 것은 너른 바다 위에서
親瞻滿月容　　친히 만월의 얼굴을 뵙는 것

—익장, 「낙산사」, 『동문선』 권9

머무름 없는 곳에 머무르고 닫지 않은 것으로 닫았다니, 이 무슨 말인가. 이 구절은 머물러도 머무르는 것 아니고 닫았어도 닫은 것 아니라는 말이다. 관음보살이라는 이름에 얽매여 있는 한, 우리가 관음보살을 친견하기란 불가능하다. 이름이 우리의 눈을 가로막고 있으므로 세상을 제대로 볼 수 없다. 이름이 주는 거짓을 벗어버리고, 언어의 감옥을 깨뜨려야 한다. 이것과 저것의 구별을 짓는 언어의 세계에서 벗어나 모든 것들의 불성(佛性)을 볼 때 비로소 아무 곳에나 머무르면서도 머무름이 없고, 불법의 세계로 들어가는 드넓은 문은 닫아놓았지만 결국 닫아놓은 것이 아니게 된다. 머무름이나 넓은 문은 언어 속에나 존재할 뿐 허깨비일 따름이다. 누군지 알지 못하는 사람의 시를 읽는 재미와 신비로움은 아마 이것과 관련되는 것이리라. 의상대사가 받은 명주나, 원효대사가 만난 파랑새는 내가 원하는 것이 아니다. 다만 보름달이 떠올라 온 강에 편벽됨 없이 밝게 비치는 것이 중요하다.

빛나는 불성의 세계는 이성의 힘으로는 도달할 수 없다. 이성은 아무리 밝아도 언어의 감옥 속에서나 힘이 있을 것이므로.

언어와 침묵의 경계에서

영허선영의 「춘천 청평사에서」

눈에 잘 보이지는 않지만, 세상은 먼지로 가득차 있다. 햇살이 창틈으로 설핏 스미면 먼지는 자신의 몸을 잠깐 드러낸다. 방안은 고요하여 아무런 움직임이 없는데도 어째서 먼지는 저렇게 날리는지 모르겠다. 갑자기 마시던 찻잔 뚜껑을 덮는다. 소심하게도 나는 먼지가 찻잔으로 들어갈까봐 걱정하는 것이다.

눈에 잘 보이지는 않지만, 세상은 언어로 가득차 있다. 사람과 사람 사이의 틈을 힐끗 보기만 해도 언어가 음험하게 웃는 모습을 볼 수 있다. 세상이 아무리 고요해 보인다 해도 언어는 도처에 존재한다. 언어의 모습은 너무나 커서 그 모습을 볼 수 없고, 언어의 소리는 너무나 시끄러워서 그 소리를 들을 수 없을 뿐이다. 그러므로 우리는 그 누구도 언어의 침투를 막을 생각을 하지 못한다. 나는 소심하게도 찻잔 뚜껑을 덮으면서 먼지의 침투를 걱정하지만, 참으로 대범하게도 언어의 침투에 대해서는 무신경하다.

오랜만에 만나는 친구와 이야기하다보면 어느 순간부터인가 듣기만 하는 나를 발견할 때가 있다. 친구와의 만남은 반갑고 기쁜 일이지만, 정말이지 말에 질릴 때가 있다. 그 순간은 예고 없이 찾아오는 불청객이기에 친구는 한참을 혼자 떠들다가 나의 침묵하는 모습에 머쓱해지기 일쑤이다. 나도 머쓱해져서 무작정 이야기를 시작한다. 그렇지만 나는 내 이야기가 무엇을 말하는지 잘 알지 못한다. 말에 질리면서도 끊임없이 말을 해야만 하는 삶, 어쩌면 이것이 인간의 숙명일지도 모르겠다.

나는 아파트 8층에 산다. 땅에서 높이 떨어져 사람들의 소리가 들리지 않을 듯싶지만, 사실은 그 반대다. 베란다 바로 아래쪽은 어린이 놀이터인데, 아이들의 떠드는 소리가 손에 잡힐 듯이 귓가에 들린다. 답답한 느낌이 들어 베란다 창 쪽을 바라보면 어느샌가 문이 닫혀 있음을 발견한다. 나도 모르는 사이에 문을 닫은 것이다. 아이들의 소리가 천진하다는 생각이 들기보다는 소음으로 들려서이다. 그래서 나는 새벽 2시 어름에 놀이터 노니는 것을 즐긴다. 머리 들어 앞을 보면 산 그림자 검게 누워 있고, 하늘에는 별 두어 개 빛난다. 산 공기가 내 몸을 씻어준다. 마치 언어의 포위망에서 벗어난 듯한 환상에 빠진다. 그럴 때면 나는 어릴 적 고향집 뒤뜰에 우거졌던 대나무의 서걱거리는 소리를 듣는 것이다. 시공을 초월한 꿈같은 환상, 침묵 속에서 소리를 발견하는 즐거움이 오롯이 나를 감싼다.

자연 풍경만을 그린 그림이 있듯이 자연 풍경만을 노래한 시가 있다. 이제야 나는 그 시를 읽을 수 있을 것만 같다. 거기에는 인간의 소리가 없다. 그러나 그 속에는 인간의 삶이 스며 있고, 인간의 온갖 소리가 함축되어 있다.

우연히 스님들의 한시 선집을 들척이다가 영허선영(映虛善影, 1792~1880)의 시 한 편을 만났다. 너무나 평범해서 언뜻 그 묘미가 집히지 않는 시였다. 한동안 그 시를 버려두었다가 근래 다시 보게 되었다. 그 시에는 풍경만이 있고 인간의 소리는 없었다. 그러나 어느 순간 거기에 인간의 삶과 소리가 가득함을 발견하였다.

山閑流水遠　　산은 한가한데 흐르는 물 멀고
寺古白雲深　　절은 오래되어 흰구름 깊어라
人去無消息　　떠난 사람은 소식이 없고
鐘鳴萬古心　　종은 울어 만고의 마음

—선영, 「춘천 청평사에서春川淸平寺」, 『영허집』

절 주위의 풍경이 눈에 보이는 듯하다. 주변에는 산이 한가롭게 펼쳐져 있고, 물은 연달아 멀리 흘러가며, 흰구름 겹겹이 절을 감싸고 있다. 자연의 소리 이외에는 아무 소리도 들리지 않고 오직 종소리만이 절 주위를 감돌아 사람의 흔적을 드러낸다.

지금은 속인들을 따라 먼지와 언어가 무수히 허공을 떠도는 곳이 되었지만, 아직도 밤이 되면 청평사의 밤은 소슬하기 그지없다. 선영 스님은 원래 서울 사람으로 양주 학림암에서 출가하여 지탁(知濯) 스님에게서 계를 받았다. 그 연원은 청허파(淸虛派, 청허휴정의 법맥)인데, 춘천 출신인 환성지안의 5세손이다. 이러한 인연 때문에 선영 스님은 춘천의 청평사를 들렀던 것으로 보인다.

선영 스님이 이곳에 왔을 때 첩첩산중 청평사는 봉우리와 시내, 구름에 묻혀 모습을 드러내지 않았을 터이다. 인간의 먼지와 언어가 없는 곳, 절을 지키던 수많은 사람들은 시간 속으로 사라지고 오직 종소리만이 귓전을 맴돈다. 그럴 때 종소리는 인간의 소리도 아니고 자연의 소리도 아니다. 인위적이지 않으면서도 인위적인 종소리. 그 여운 속에서 스님은 떠난 사람의 소식 없음 속에서 영원의 시간을 잃어버린 것이다.

인간과 자연, 언어와 침묵의 경계에서 순간적으로 드러나는 미묘한 법열의 세계. 나는 경계를 넘어 침묵 저편으로 가고 싶지도 않지만, 그렇다고 경계 이쪽 언어의 세계 속에서 살아가고 싶지도 않다. 경계가 드러내는 팽팽한 긴장감 속에서 언뜻언뜻 드러나는 청명함을 즐기고 싶을 뿐이다.

세계의 틈과 사물의 경계

한용운의 한시

저녁 무렵 뒷산에 오른다. 붉은 해는 서산마루에 걸려 거친 숨을 헐떡인다. 언제부터인가 잔설(殘雪)이 보이지 않는다 싶더니 벌써 온 산이 푸른 느낌으로 가득하다. 봄은 게릴라처럼 쳐들어와 어느새 도심 곳곳에 푸른빛 총을 난사하고 있다. 뒷산에 오르니 총을 어깨에 누인 봄이 앉아 있다. 지는 해를 바라보며 나를 향해 웃고 있는 것이다.

스치는 바람이나 정지된 풍광에서도 우주를 느끼는 것은 어쩌면 직관에 속하는 것일지도 모른다. 아무도 인정하지는 않지만 내 마음에서는 강렬한 깨달음으로 우주를 느끼는 너무나도 짧은 시간. 드물지만, 우리는 그 찰나를 위해 생명을 거는 사람들을 만난다.

시절이 어려울수록 절개는 빛나는 법. 그러나 어려운 시대일수록 절개는 지키기 어려운 법. 어두운 시대에 도(道)를 지킨다는 것은 얼마나 어려운 일인가. 더욱이 아무도 인정하지 않고 오직 내 마음만이 직관으로 알아차릴 수 있는 도임에랴. 요즘 들어 부쩍 그런 인물이 그리워지는 것은 그만큼 내 삶이 힘들다는 증거가 아닐까.

산을 내려오다가 문득 만해 한용운(卍海 韓龍雲, 1879~1944) 스님을 떠올렸다. 조선 말에 태어나 힘든 일제시대를 치열하게 살다 표연히 가신 분. 그분이 그렇게 살아갈 수 있었던 힘은 무엇이었을까. 시간과 시간의 틈바구니에서 스치듯 지나가는 직관적 깨달음이었을까. 짧은 순간 눈앞에서 사라지는 저녁해를 보다가 내려오는 길에 만해 스님을 생각한 내 마음의 작용이 오묘하기 그지없다. 낮도 밤도 아닌 변경의 시간이 저녁이다. 낮과 밤의 경계가 불분명한 시간, 산에서 내려오며 내 삶과 만해 스님의 삶을 비교해본다.

만해 스님의 유명한 시집 『님의 침묵』은 1926년에 출간되었다. 시집에서 그는 모든 것을 다 님이라고 하였다. 시집은 님에 대한 그리움과 찬미로 가득차 있다. 그러나 자세히 살펴보라. 그것은 모두 순간과 순간 사이의 틈을 비집고 들어간 직관의 힘으로 이루어진 것이다. 이러한 힘의 단초를 한시 작품에서도 발견할 수 있다.

男兒到處是故鄕	사나이 가는 곳 어디나 고향인데
幾人長在客愁中	몇 사람이나 오래도록 나그네로 지냈는가
一聲喝破三千界	한 소리로 온 우주를 갈파하니

雪裏桃花片片紅　　　눈 속에 복숭아꽃 하늘하늘 붉어라

"1917년 12월 3일 밤 10시경, 좌선을 하던 중에 갑자기 바람이 불어 무엇인가를 떨구고 가는 소리를 듣고 의심하던 마음이 갑자기 풀렸다. 이에 시 한 수를 짓는다." 이것이 바로 우리가 흔히 만해 스님의 「오도송悟道頌」이라 부르는 한시의 원래 제목이다.

당시 만해 스님은 오세암에서 동안거(冬安居)중이었다. 그의 나이 서른아홉이었다. 험난한 삶의 굴곡을 견디며 살아오는 동안 세상은 그에게 무엇이었을까. 열심히 수행하고 일하면서 살아왔지만 자신은 세계의 주인이 아니었다. 그저 스쳐가는 나그네로 살아왔으니, 세상은 내 집이 아니라 여관이었다. 그러나 마음 한번 돌리는 순간 고향을 찾았다. 세계의 중심에 우뚝 서서 화엄의 그물코를 잡고 있는 사내대장부, 세계의 주인공은 바로 자신이 아닌가. 수많은 사람들이 단지 나그네로만 떠돌다 사라진 곳에서, 하룻밤 짧은 삶을 살아가는 여관에서, 만해 스님은 그곳이 고향의 진면목임을 간파했던 것이다. 나그네의 근심으로 비유되는 온갖 번뇌를 끊고 떠돌이 생활을 청산한 것이다.

깨달음의 순간 한 소리에 세계의 허상이 깨진다. 그런데 이게 뭔가. 흰 눈 속에 붉은 복숭아꽃이 하늘하늘 날리다니. 우리 같은 속인이야 그 경계를 알 리 있겠는가마는, 만해 스님의 고심에 찬 노력이 느껴진다. 언어로 표현해낼 수 없는 경계, 도(道)의 경지이다. 한 소리로 삼천대천세계(三千大千世界)를 갈파하는 광대한 시간과 공간 속에서 상상력의 광활함을 느끼고, 흰색과 붉은색의 선명한 대비 속에서 이미지의 섬뜩함을 느낀다. 다만 느낄 뿐이다. 이것은 간교한 이성이 결코 틈입할 수 없는 직관의 세계이다. 어쩌면 직관도 침윤할 수 없는 또다른 세계일는지도 모른다.

산길에 그림자가 짙어지기 시작한다. 멀리 보이는 도시의 선들이 서서히 스러지면서 불빛이 살아난다. 자신의 경계를 허물면서 빛을 발하는 도시의 생리를 본다. 그들은 밤새도록 경계가 없는 곳에서 자신을 불사르다가 가뭇없이 허공에 사라질 것이다. 경계를 가진 것들은 결코 밤을 달가워하지 않는다. 어둠은 경계를 먹어치울 것이고, 아침이 되어야 비로소 자신의 경계를 재점검하게 될 터이다.

그러나 웃기지 마라. 한낮의 확연한 경계나 한밤의 무경계나 그것이 우리와 무슨 상관이란 말인가. 알고 보면 그것이 우리 자신의 또다른 형상이 아니겠는가. 흰 눈 속의 붉은 복숭아꽃은 그저 보고 느낄 뿐, 결코 잡으려 하지 말 일이다.

떨림의 미학

허응당의 「망고대에 올라서」, 「청평잡영」

떨림, 그 오묘한 힘

흔들리지 않는 거문고 현(絃)은 소리를 낼 수 없다. 손가락이 현에 닿아 흔들림을 만들어내면 비로소 세상에 소리가 탄생한다. 눈으로 볼 수는 없지만, 미세한 현의 떨림을 통해 우리는 소리를 감지한다. 거문고를 연주하는 사람이 그 떨림을 통해 마음을 허공에 던지면, 듣는 사람 역시 그 떨림을 통해 마음을 줍는다. 현이 울리는 동안 소리는 멈추지 않는다. 그러나 떨림의 범위는 일정하게 정해진 것이어서, 지나치게 넓거나 혹은 지나치게 좁은 구간을 오가면, 좋은 소리가 되지 못한다. 적당한 거리를 오가면서 긴장감을 만들 때 좋은 소리가 만들어진다.

흔들리지 않는 마음은 결코 시를 만들지 못한다. 마음이 행복한 사람에게 시는 그리 필요치 않은 듯하다. 고요한 마음이 세계에 닿아 흔들리는 순간을 시인은 놓치지 않는다. 겉으로는 마음의 흔들림 혹은 떨림을 알아차리지 못한다. 마음의 떨림은 자신이 가장 정확히 안다. '가장 정확히 안다'라기보다는 '비교적 정확히 안다'라고 해야 한다. 내 마음의 미묘한 떨림을 나 자신도 미처 알아차리지 못하는 경우가 워낙 허다하기 때문이다. 세계와 맞닿은 마음의 떨림을 정확히 포착하여 글로 써내는 일, 그것이 시인에게 중요한 일 중의 하나이다. 그러나 그 일은 고난도의 솜씨를 필요로 한다. 고난도의 솜씨를 얻었다는 시인의 이야기는 풍문으로만 어렴풋이 들릴 뿐, 실제로 그런 고수를 만나기란 거의 불가능에 가깝다. 물론 모든 시인의 모든 시가 그렇다는 것은 아니다. 어떤 시인에게든 마음이 미묘하게 떨리는 순간을 절묘하게 포착하여 시로 써낼 기회가 있기 마련이다. 그렇지만 그런 기회는 일생에 한두 번뿐이다. 그것도 대부분 놓치고 말지만.

움직일 줄 모르는 사람은 세상을 만들어가지 못하는 법이다. 어미의 태 속에 들어가면서부터 우리의 몸은 쉬지 않고 움직인다. 세상의 햇빛을 보고 나서도 마찬가지이다. 우리의 모습은 고정되어 있는 듯이 보이지만 사실 금을 그어 표시할 만한 경계는 없다. 무수히 많은 세포들이 나고 죽는데 어찌 우리의 고정된 모습이 있겠는가. 그러나 이런 미세하고도 원론적인 이야기를 하자는 것은 아니다. 우리의 삶은 기쁨과 슬픔, 절망과 희망으로 축조된다. 이들은 항상 우리 곁에서 서성거리고 있다가 기회가 생기면 정말 한 생각 일어나는 사이에 내게로 와서 내 삶이 된다. 그럼에도 이 모든 것은 바로 내가 직접 움직여 얻은 결과이다. 선택을 강요당하면서 생각을 움직이고, 사람과 사람 사이에서 어느 쪽을 지지할 것인가 머리를 굴린다. 끊임없는 갈등 혹은 떨림 속에서 우리는 살고 있다. 긍정적인 것이든 부정적인 것이든 그러한 떨림은 우리에게 모종의 행동을 강요한다. 거부할 수 없는 선택, 바로 이것이 세계를 움직여가는 원동력이다.

세상에 고정되어 있는 것은 아무것도 없다. 세상에 영원한 것이 어디 있으랴만, 우리는 변하지 않는 보물을 찾아 쉬지 않고 헤맨다. 제행무상(諸行無常)! 흐르는 세월만큼 우리는 흐르는 세상 속에서 흘러간다.

허응당 보우의 행적

허응당 보우(虛應堂 普雨, ?~1565) 스님을 생각하면 언제나 위풍당당한 영웅의 기상이 느껴진다. 불교로서는 가장 어려웠던 시기에 온몸으로 세상을 건너다가 극적으로 세상을 마감한 보우가 아니던가. 속성(俗姓)은 무엇인지, 언제 태어났는지, 고향은 어디인지 전혀 알려지지 않은 그는, 강력한 배불정책을 폈던 조선 중종 때부터 명종 때에 걸쳐 살았던 것으로 추정된다. 설악산 신흥사 혹은 백담사의 스님이었다고 알려져 있기는 하지만, 그에 관한 어떠한 기록도 찾아볼 수 없다. 다만 열다섯 살 무렵 양평 용문사(龍門寺) 견성암(見性庵)의 한 노스님을 따라 금강산 마하연암(摩訶衍庵)으로 가서 머리를 깎았다는 기록이 있다. 그의 문집 『허응당집』에 금강산에 관한 시가 많이 수록되어 있는 것을 보면 확실히 그의 불교 수행은 금강산에서 기초가 만들어졌음을 어렵지 않게 추정할 수 있다.

우리나라 불교사를 통틀어 보우 스님만큼 논란의 대상이 된 경우도 드물 것이다. 철저한 수행자인가 아니면 요승(妖僧)인가 하는 문제는 그가 살아생전부터 끊임없이 제기되었던 것이며, 열반 이후에도 그에 대한 평가는 항상 극과 극으로 엇갈렸다.

널리 알려진 것처럼, 보우 스님의 이력을 간단히 정리하자면 이렇다. 열다섯 살 무렵 용문사의 노스님을 따라 마하연암으로 들어간 그는, 입산한 지 6년쯤 되는 때에 하산하여 중생구제의 뜻을 펴고자 한다. 그러나 당시 임금인 중종은 수많은 절을 불태우고 스님들을 하옥시키는 등 배불정책을 강화하고 있었다. 보우 스님은 다시 금강산으로 들어가서 4년을 더 공부한 후에 다시 속세로 돌아온다. 함경도 안변 석왕사(釋王寺) 은선암(隱仙庵), 백운산(白雲山) 국계암(掬溪庵) 등에 머물다가 1548년(명종 3) 무렵 경기도 양주군 회암사(檜巖寺)로 옮긴다.

얼마 후 그는 당시 수렴청정을 하던 문정왕후의 힘으로 불교 중흥의 기치를 드높이게 된다. 그는 승과(僧科)와 도첩법(度牒法)을 부활시키고, 서산대사나 사명대사 같은 뛰어난 인물들을 발탁한다. 1555년(명종 10) 가을, 모든 직책을 버리고 강원도 청평산 청평사(淸平寺)에 은거한다. 이곳에서 지내는 5년 동안 보우 스님은 설악산 낙산사(洛山寺)에 가서 대법회를 열기도 하였고, 청평사에 들어온 지 5년 만에 다시 봉은사 주지를 맡는다.

문정왕후가 1565년(명종 20) 4월 7일 세상을 떠나자 이제는 보우 스님을 보호해줄 어떠한 권력도 존재하지 않게 되었다. 4월 25일, 결국 보우는 승직을 빼앗겼으며, 전국 유생들의 탄핵을 받아 목숨이 위태로운 지경에 이른다. 이러한 상황을 피해 강원도 인제군 한계산(寒溪山)의 어느 바위굴에 숨어 있었다고도 전하지만 그 실상은 알려진 바가 없다. 그렇지만 얼마 후 서울로 압송되었다가 제주도로 귀양을 가게 되고, 제주 목사 변협(邊協)에 의해 살해된다. 한 시대를 풍미했던 영웅의 비극적인 죽음이었다.

정적(靜寂)과 번뇌(煩惱) 사이

가진 것 없는 사람에게 삶이란 언제나 팍팍하다. 먹을 것이 풍족한 사람은 몸을 수고롭게 할 필요가 없지만, 팍팍한 삶을 살아가는 이들에게 몸은 언제나 고달프다. 움직이지 않으면 먹고살 수가 없다. 몸이 어려우면 아무 생각도 나지 않지만, 한편으로는 몸이 수고롭기 때문에 생각이 많아질 수도 있다. 더욱이 힘든 시대를 만나 많은 생명이 위태로운 모습을 대하면 자비심을 내어 그들과 함께 아파하고 시대를 걱정한다. 언제나 전쟁이 나면 이 땅을 끝까지 지키는 이들은 아무것도 가진 것 없는 무명의 백성들이 아니던가.

마음의 고요함과 세상을 향한 끝없는 열정, 수도자에게 중요한 것이 어느 쪽인지는 단언할 수 없다. 그러나 보우 스님의 삶을 보면서 우리는 고요한 마음과 뜨거운 열정 사이에서 고민한 흔적을 발견한다. 그의 문집에 실린 시들 중 많은 분량이 세상을 향하고 있는 것은 아마 이 때문일 것이다.

獨上金剛最上峰	금강산 가장 높은 봉우리 홀로 올라
俯看天地意彌濃	천지를 굽어보니 마음 더욱 벅차다
秋深澗展琉璃碧	가을 깊은 시내는 푸른 유리 펼쳤고
霜重山披錦繡紅	서리 담뿍 맞은 산은 비단 같은 붉은빛 헤쳐 놓았다
石逕遙橫黃葉底	돌길은 아득히 누런 잎 밑으로 비껴 있고
茅庵微露白雲中	띠풀로 엮은 암자는 흰구름 속에 슬쩍 드러나 있다
留連竟夕忘回步	서성거리며 저물도록 돌아갈 발길 잊노라니
髣髴穿林出暮鐘	숲 저편에서 저녁 종소리 나오는 듯하여라

—보우, 「망고대에 올라서登望高臺」, 『허응당집』

높은 곳에 오르면 괜히 가슴이 벅차다. 발아래로는 천학만봉(千壑萬峰)이 올망졸망 서로 어깨를 기대고 있고, 머리 위엔 구름이 손에 잡힐 듯 가깝다. 게다가 일망무제(一望無際)로 펼쳐진 하늘은 막힌 가슴을 틔워준다. 입에선 절로 탄성이 터져나오고 마음은 가볍기 그지없다. 늦가을 산의 정경이 이제야 눈에 제대로 잡힌다.

이 시는 보우 스님이 금강산에서 수행하던 젊은 시절의 작품으로 보인다. 아직 속세에는 칼날 같은 바람이 불고 있지만 보우 스님의 기개는 하늘을 찌를 듯하다. 천하에 우뚝 서서 만물을 품안에 거느리는 기상이 만만치 않다. 온 산에는 가을이 깊었다. 아래쪽으로 푸른 유리를 펼친 듯한 시내가 흘러가고, 서리 맞은 단풍잎은 수놓은 붉은 비단을 펼친 듯 화려하다. 누런 잎으로 덮인 아련한 돌길, 흰구름 사이로 언뜻언뜻 보이는 소슬한 암자가 산의 정취를 더한다. 깊은 가을에 빠져 서성거리다보니 이미 저녁이고, 숲 저편에서 절의 저녁 예불 종소리가 들리는 듯하다는 것이다.

이 시에서 스님의 시선은 먼 곳에서 가까운 곳으로 이동하고 있다. 먼 하늘에서 온 산의 단풍으로, 자신이 올라온 돌길을 거쳐 암자로, 다시 귓가의 종소리로 옮겨가고 있다. 이는 자신의 삶이 고고한 도의 세계에서 일상으로 옮겨가는 것을 암시한다. 보우 스님에게 있어서 이러한 시각은 산속에서 속세로, 이론에서 실천으로 가는 길이기도 하며, 나아가 마음에서 몸으로 가는 길이기도 하였다. 고요한 선정(禪定)의 세계에서 갈등 가득한 번뇌의 세계로 뛰어드는 일이었다. 이러한 행동은 참으로 큰 결심과 용기를 필요로 하는 것이었다. 그것은 움직임이 없는 정적(靜寂)의 세계에서 떨림이 중요한 몫을 하는 세계로의 전환이었다. 그 떨림의 삶이 불교 중흥이라는 역사를 만든 힘이었고, 그 떨림의 세계가 번뇌를 열반으로 전환하려는 의지를 구현하는 장(場)이 되었던 것이다.

보우 스님이 청평사에 은거하였을 때는 실의에 빠진 시절이었다. 걸림 없는 삶에 무슨 실의가 있겠는가 싶지만, 그 시기는 새로운 역사에 대한 열망을 추스르는 기간으로 보아도 무방하다. 세상을 향해 힘차게 내디딘 발걸음이 주춤해지고 난 후, 그는 청평사에서 삶을 되돌아보면서 마음의 평정을 찾았던 것으로 보인다.

林間了無客	숲속엔 도무지 손님이 없어
幽興獨恢恢	그윽한 흥취 홀로 여유 있어라
每浴龍潭水	매양 용담의 물에 목욕하고
常風盤石臺	항상 너럭바위에서 바람 쐰다
吟松山雨至	소나무 우니 산비 내리고
香谷木蓮開	골짜기 향긋하니 목련 피었다
石逕歸來慣	돌길로 돌아오는 일 버릇이 되어
芒鞋半綠苔	짚신엔 반나마 푸른 이끼

—보우, 「청평잡영淸平雜詠」, 『허응당집』

오는 사람 없는 청평사에서 한가롭게 지내는 모습을 읊었다. 산속에서 하는 일이라곤 시냇물에 목욕하고 바위에 앉아 바람을 쐬는 일뿐이다. 소나무가 윙윙거리며 소리를 내는 것으로 비가 내리는 것을 알아차리고, 온 골짜기에 향기 가득한 것으로 목련이 피었음을 안다. 산 주위를 소요하며 신발에 돌길의 이끼를 묻히는 것이 중요한 일과이다. 짚신에 푸른 이끼가 낀다는 것은 자신이 다니는 돌길에 이끼가 많다는 것이고, 그것은 돌길에 다니는 사람이 없음을 우회적으로 드러낸다.

금강산 시절 이후 여러 해 동안 세속으로 나가 온갖 고초를 겪었던 보우 스님은, 이제 지친 심신을 잠시 추스르면서 청평사의 한적함과 고요함을 즐기고 있다. 이것은 금강산의 고요함에서 속세의 번우(煩憂)함으로 갔던 이후의 행적이므로 그에게 있어서 청평사의 적정(寂靜)은 특별한 의미가 있었을 것이다. 동시에 번뇌 가득한 속세로 다시 뛰어들기 위한 휴식이었다. 고요와 번뇌의 세계를 오가면서 끊임없이 떨림의 세계를 형성하고, 그 떨림에 의한 긴장을 창조적인 힘으로 바꾸는 보우 스님의 능력은 참으로 감탄스럽다.

떨림의 저편

떨리는 현의 소리만을 듣는 사람은 진정한 소리를 들을 수 없다. 무현금(無絃琴), 줄 없는 거문고를 즐기는 사람이야말로 경지에 오른 사람이다. 흔들리는 마음으로 쓴 시만을 즐기는 사람은 진정한 시를 읽지 못한다. 무언시(無言詩), 언어를 넘어서 우주의 침묵을 느끼게 하는 시를 읽어야 진정한 독자이다. 움직임으로써 세상을 만들어가는 사람은 태평천하를 만들지 못한다. 무위이화(無爲而化), 아무것도 내 힘으로 하지 않는데도 모든 것이 교화되고 이루어지는 경지를 알아야 진정한 평화를 이룩할 수 있다.

세상은 말장난으로 변화하지 않는다. 사방을 둘러보면 여전히 팍팍한 삶이 우리 주변에 가득하다. 그 삶이 보이는 한 우리는 갈등의 소중함을, 번뇌의 필요성을, 떨림의 아름다움을 느껴야 하지 않겠는가.

슬픈 봄날은 소리 없이 사라지고

이규보의 「계림자의 집에서 술을 마시며」

꽃 피고 달 뜨면 벗을 불러 술잔을 기울이던 풍류가 사라진 지금, 우리가 누렸던 시절은 꿈처럼 아득하기만 하다. 꽃 피는 시절이면 짝을 지어 꽃구경 가는 일이야 지금도 일상사라 하겠지만, 풍류를 즐기는 품새는 시대의 변화와 함께 달라지기 마련이다. 달라지는 모습을 탓할 일은 아니지만, 역시 새로운 시대의 풍류를 따라 꽃놀이하는 일은 쉽지 않다.

한 무리의 아이들이 왁자하게 떠들면서 지나가다가, 만개한 벚꽃을 보더니 감탄을 한다. 저 아름다운 청춘들 사이로 바람을 따라 꽃잎이 눈처럼 진다. 아이들은 꽃을 쳐다보며 저마다의 말을 토해내더니, 스마트폰을 꺼내들고 사진을 찍는다. 벚꽃을 배경으로 자신의 모습을 찍는 모습이 익숙하다. 예전 같으면 우리는 지나가는 누군가에게 부탁해서 함께 사진을 찍었을 것이다. 그러나 이제는 그런 경우가 별로 없는 듯하다. 제각기 자기 모습을 담고, 혹은 친구의 모습을 담고, 꽃을 다양한 구도로 찍은 다음 어디론가 사라진다. 화사한 꽃 아래 잠시 머물렀다가 어느새 사라지고, 그 아래로는 흩날리는 꽃잎과 고요함만이 남아서 떠돈다.

스무 살 무렵, 내가 다니던 학교 교정에 아름다운 목련이 한 그루 있었다. 따스한 봄 햇살이 내릴 때면 늘 고고한 자태로 흰색 꽃을 피워내곤 했다. 무엇 때문인지는 모르겠지만, 스무 살의 봄은 늘 서럽고 어두웠다. 화사하고 고아한 목련이 특히 내 눈으로 들어온 것은 아마 그 때문이었을지도 모르겠다. 강의실을 나설 때나 혹은 빈 시간에 잔디밭에 앉아 멍하니 하늘을 바라보다가도 그 목련의 빛나는 모습을 보면 언제나 마음속에 등불 하나가 켜지는 듯한 느낌을 받았다. 청춘의 등불이었을까, 나는 그 등불 때문에 늘 목련 아래서 서성거렸다. 오가는 선배나 친구들은 늘 그 아래에서 노니는 나를 보고 웃었지만, 그 시절 목련은 나의 스승이자 등대와 같았다.

목련꽃을 유심히 살펴본 사람은 알겠지만, 목련꽃의 시절은 오래가지 않는다. 더욱이 피어 있을 때에는 고고한 기품을 발하지만 질 때면 순식간에 흰색이 거뭇해지면서 가지에 매달려 말라가는 듯 스러진다. 피어 있을 때의 고고함과는 거리가 먼 모습이다. 그게 너무도 싫었던 우리는, 목련이 질 무렵이면 저물녘에 가서 꽃을 모두 떨구곤 했다. 차라리 우리 손으로 목련을 지게 할지언정 비참하게 떨어지는 꼴은 보지 않겠노라는 생각이었다. 가지의 꽃을 모두 털어버린 뒤, 우리는 학교 주변 선술집으로 가서 밤늦도록 마셨다.

목련의 나날 중 상당수는 막걸리와 함께했다. 동학들은 어디선가 막걸리를 받아와서 목련 아래로 모여들었고, 우리는 이런저런 이야기를 부질없이 나누면서 술잔을 나누었다. 무슨 이야기를 나누었는지는 기억에 없다. 단어들은 봄볕에 바스러지고 의미는 봄바람에 스러졌다. 그 자리에 남은 것은 그저 빈 막걸리병 몇 개와 고요한 허무뿐이었다. 그렇게 스무 살이 갔고, 우리는 시절의 손길에 등 떠밀려서 세상으로 조금씩 나왔다.

음력 5월 6일이면 여름으로 접어들 무렵이다. 봄꽃은 지고 여름이 태(態)를 제법 갖추어가는 시절, 이규보(李奎報, 1168~1241)는 친구 집을 찾았다. 계림자(鷄林子)라고 했으나 누구인지 기록을 확인할 수는 없다.

竹間圍玉局	대숲 사이 아름다운 바둑판 놓고
花下酌瓊觴	꽃 아래 멋진 술잔 기울인다
醉覺乾坤窄	취하니 천지가 좁다는 걸 깨닫고
閑知日月長	한가하니 세월이 유장한 줄 알겠다
摘嘗櫻子爛	잘 익은 앵두 따서 맛을 보고
折插槿枝芳	어여쁜 무궁화 가지 꺾어 꽂았다

不有君家在　　　그대의 집 없었던들
何時笑一場　　　어느 때 한바탕 웃어보겠나

—이규보, 「5월 6일 계림자의 집에서 술을 마시며五月六日飮鷄林子家」, 『동국이상국집東國李相國集』 권11

봄날은 가고 여름이 찾아오는 시절, 그는 친구의 집으로 가서 즐거운 한때를 보낸다. 대숲 사이에서 바둑을 두다가 꽃그늘 아래에서 술잔을 기울인다. 이 한몸 의탁하기에 천지는 너무 비좁고, 한가로운 5월을 보내자니 세월은 유장하게 흘러간다. 대숲과 꽃그늘 아래 앉아서 적당한 취기와 한가로운 마음으로 주위를 둘러보는 그 짧은 순간, 세상이 멈춘 것 같은 적막함이 삶 속으로 들어온다. 그 순간의 감각을 어찌 말로 표현할 수 있을까.

대나무 숲 주변에는 흔히 앵두나무를 심는다. 내 어릴 적 집 뒤도 대숲이었는데, 그 언저리에 앵두가 실하게 달리는 나무 한 그루가 있었다. 여름을 느끼는 방법은 사람마다 다르겠지만, 나는 앵두가 붉어지는 것으로 느끼곤 했다. 짙푸른 대숲 사이로 붉은 앵두가 열리면 그 색깔이 주는 시원함은 비할 데 없었다. 게다가 마당 한쪽에 무궁화나무가 한 그루 있었는데, 떨어진 자리에 또 꽃이 피어 언제나 아름다운 정취를 만들었다.

이규보의 이 작품을 처음 읽은 때는 30대 중반이었다. 그의 문집을 읽다가 이 작품을 대하자 나는 문득 어린 시절 우리집으로 돌아간 것

같았다. 고등학교 이래로 집을 떠나서 한 번도 돌아가지 못한 고향이었다. 떠도는 것이 현대인의 숙명이라지만, 나는 어린 나이에 집을 나와서 늘 고향을 상상 속에서 이미지화했을 뿐 이 몸으로 돌아가지 못했다. 지금은 어린 시절 살던 집이 사라져서 더더욱 마음속에만 존재한다. 마음으로만 그리워하는 고향이었는데, 뜻밖에 이규보가 그런 집을 너무도 비슷하게 그려내고 있었던 것이다. 계림자는 친구 이규보 덕분에 천년 세월이 지나도록 저 아름다운 풍광을 지금 내 눈앞에 남길 수 있었다.

한자리에 앉아 바둑과 술로 시간을 보내다가, 취기와 나른한 한가함 때문에 깨닫는 우주의 고요함이 자신을 감싸고, 다시 자리에서 일어나 앵두를 따서 깨물어보거나 무궁화 꽃가지를 꺾어서 머리띠같이 꽂아보다가, 새삼 친구가 고마워서 호탕한 웃음을 터뜨린다. 동적인 이미지와 정적인 이미지가 교차하기도 하고, 구체적인 삶의 일상과 우주의 거대한 규모가 교차하기도 한다. 그것이 한바탕 웃음소리와 함께 속세의 어지러운 마음을 멀리 날려보낸다. 그 자리에 벗이 함께 있는 것이다.

문득 10대의 고향집 마당을 지나 스무 살 무렵 교정을 거쳐 이제 스러지는 봄날의 끝자락에서 이규보의 시를 다시 읽는다. 신록은 짙어가고 봄꽃은 사라져, 여름이 코앞으로 닥쳤다. 화려한 저 봄날의 꽃 잔치도 언젠가는 시들고, 우리의 봄 같은 인생도 언젠가는 스러질 것이다. 봄의 흥성스러움 저편에 무언지 모를 슬픔 같은 것이 스며 있는 것은 아마도 곧 스러질 봄의 운명을 알고 있기 때문이 아닐까.

봄날은 가고 여름이 온다. 이 아름다운 시절을 우리는 몇 차례나 더 맞이할 수 있을까.

설악산 옛길에서

김창흡의 「한계폭」

설악산에서 보낸 한철

설악산에서 내 20대의 한 시절을 보낸 적이 있다. 낮에는 출근했다가 밤이면 돌아와 책을 펴는 생활을 하다가, 주말이면 어김없이 설악산 골짜기 이곳저곳을 헤매곤 했다. 혼란스럽지 않은 청춘이 어디 있겠는가마는, 그 시절의 내 마음은 어디서부터 헝클어졌는지 그 소이연을 찾을 길 없을 정도로 혼돈 속에 갇혀 있었다. 먹고사는 문제야 해결되었다 해도, 사람살이라는 것이 먹는 문제만으로 해결되지 않는 부분이 있지 않던가. 좁은 곳에서 살아가는 내 인생이 답답했고, 시골구석에서 내 생애를 마쳐야 한다는 것이 울적했다. 그 마음을 달래려고 온갖 군데를 돌아다니다가 발견한 곳이 설악산이었다.

강원도에서 살아가다보면 늘상 보는 것이 산이다. 좁은 도심을 벗어나기만 해도 상당히 깊은 산중으로 들어선 듯한 느낌을 받기 일쑤다. 도심에서 생활하는 사람들조차도 일을 하다가 눈만 돌리면 어디서든 산이 보인다. 의식하고 살아가지는 않지만, 산은 어느새 우리 마음속으로 들어와 크고 넓은 자리를 차지하고 있다. 산 이름도 동네마다 다양해서, 듣기만 해도 어떤 모습인지 혹은 주민들이 어떻게 그 산을 받아들여 마음속에 형상화하고 있는지가 연상된다. 인간의 유한한 생명에 비하면 우리가 딛고 선 땅의 역사는 무궁하다. 땅이 굽이쳐서 높은 곳은 산이 되고 낮은 곳은 언덕이나 들판이 되어 사람살이의 역사를 만들어온 터전이 되었다.

매주 설악산 골짜기를 탐사하는 생활을 1년 가까이하자 동학(洞壑)들이 제법 머릿속에 들어와 지도처럼 만들어지기 시작했다. 관광객들의 발길 때문에 판판해진 곳은 피하게 되고, 새로운 길을 찾아 여기저기 기웃거리게 되었다. 설악산 관련 책을 찾아서 모으게 된 것도 이때부터였다. 설악산을 탐방하면 할수록 알고 싶은 것이 많아졌다. 그러나 정작 일반인을 대상으로 설악산의 다양한 면모를 보여주는 책은 별로 없었다. 작은 팸플릿이나 소개책자며 논문을 눈에 띄는 대로 찾아서 읽었다. 하지만 인문계 출신인 나로서는 자연계 분야의 전공자들이 쓴 논문을 읽는 것 자체가 어려운 일이었다. 비록 많은 책과 논문을 구하지는 못했지만, 이렇게 여러 해 동안 설악산 관련 자료를 찾아

읽은 경험은 내가 주말마다 설악산을 찾아가 헤매며 관련 정보를 다양하게 얻고 확인하는 계기가 되었다.

역사와 문화가 있어 아름다운 산

설악의 단풍이 스러질 무렵이면 계곡에는 벌써 겨울의 그림자가 짙다. 얼음이 얼었다는 보도가 들려오고 영하의 기온을 기록했다는 풍문이 귓가를 스칠 무렵이면 설악산은 어느새 겨울 채비를 서두른다. 내가 제일 좋아하는 설악산의 시간은 바로 이즈음이다. 불규칙적으로 불어오는 바람이 여러 빛깔의 낙엽을 몰아 이리저리 돌아다니면 나뭇가지는 제법 앙상한 뼈대를 드러낸다. 한계령으로 올라가는 길에 만나는 형형색색의 단풍도 멋있지만, 오색약수를 지나 주전골로 들어가면서 만나는 붉은 단풍 또한 매혹적이다. 이제 우리의 한 해도 저 단풍과 함께 과거 속으로 사라질 것이다.

조선 중기의 뛰어난 문인인 삼연(三淵) 김창흡(金昌翕, 1653~1722)은 한계폭포를 보며 이렇게 노래한 바 있다.

楓栢結陰深　　단풍나무 잣나무 뒤엉겨 어둑하고 깊어서
不可窺中谷　　골짜기 속을 엿볼 수도 없어라

—김창흡, 「한계폭寒溪瀑」, 『삼연집三淵集』 권1

당시 김창흡의 나이 스물셋, 한창 청운의 꿈을 품고 세상에 나갈 준비를 할 때다. 그러나 진사시에 합격한 뒤 낙송루(洛誦樓)를 중심으로 지인들과 시를 지으며 문예활동에 매진할 뿐이었다. 그러던 중 1674년 제2차 예송논쟁이 일어나서 김창흡의 부친인 김수항을 비롯하여 고위 관직에 있던 집안의 여러 어른이 논쟁에서 패배하여 처벌을 받게 된다. 그의 문집에 편차된 맥락으로 보아 위의 작품은 바로 이듬해 가을에 지은 것으로 보인다. 붉은 단풍과 푸른 잣나무가 뒤엉켜서 어둑하고 깊은 색깔을 만드는 설악산의 모습에서, 그는 어쩌면 자신의 심정과 같은 무엇을 발견했을지도 모르겠다. 색깔들이 모여서 만들어내는 저 산빛은 골짜기 속을 엿볼 수 없게 만든다. 살아가야 할 길이 보이지 않을 때 김창흡의 발길은 설악산으로 향했고, 눈에 가득 들어오는 가을의 설악을 보면서 세상 번우한 일들을 잊거나 정리하지 않았을까. 그후에도 김창흡은 벼슬에 마음을 접고 강원도 인제, 화천, 철원 등지를 돌아다니며 아름다운 시문으로 자신의 생각을 표현하였다.

희귀식물들의 보고이며 많은 수종이 군락을 이루거나 혹은 작은 무리를 지어 살아가는 설악산은 한 시대를 살아가는 사람들에게 안온한 휴식과 깊은 명상의 시간을 제공한다. 그러나 분명한 사실은, 그와 같은 식물들이 만드는 뛰어난 자연환경만으로는 지금의 설악산이 탄생하지 않는다는 것이다. 자연에 사람의 숨결이 깃들어서 인간과 자연의 조화가 이루어질 때 비로소 산은 다시 태어난다. 그런 점에서 김창흡은 우리 문화사에서 설악산을 발견한 첫 인물이라 해도 과언이 아니다. 금강산의 그늘에 가려 빛을 보지 못하던 설악산이 조선의 지식인들에게 인식된 것은 매월당 김시습(1435~1493)에서 시작되기는 하지만, 그 열기가 본격적으로 솟구친 데에는 김창흡을 비롯한 주변 친족들의 힘이 컸다.

설악의 숲길을 걸으며 자연의 생명과 함께 우주의 기운을 느끼기도 하지만, 그 기운이 더욱 특별해지는 것은 지난날 이 길을 걸었던 수많은 문인학사의 문화와 역사가 거기에 덧입혀져 있기 때문이다. 그들의 시문을 읊조리며 새삼 우리의 삶을 돌아보는 것이야말로 설악산의 자연을 이 시대 우리 삶의 한 부분으로 끌어들이는 일이 아닐까 싶다.

4부

어떻게 살아가는 것이 바람직한 삶인가

인간의 새벽과 역사의 새벽

서거정의 「일찍 일어나서」,
진화의 「사신으로 금나라에 들어가며」

밤늦도록 책을 읽다가 시간을 놓치면 새벽은 잠깐이다. 베란다로 나가서 창밖을 바라본다. 가로등이 피곤함에 지친 눈으로 깜빡이고 있다. 산그림자가 어렴풋이 다가오고, 창틈으로 한겨울의 찬바람이 비집고 들어온다. 어깨를 옹송그리면서 다시 방으로 들어온다. 의무감으로 잠자리에 들지만, 잠은 쉬 오지 않는다. 새벽 기운 탓이다.

전기가 발명되고 나서 인간은 많은 양의 잠을 도둑질당했다. 전기가 없던 시절 같으면 밤 9시만 되어도 한밤중이었을 텐데, 요즘은 9시라야 초저녁이나 다름없다. 밤 12시가 되어도 도시의 휘황한 불빛은 꺼질 줄을 모른다. 사람들은 서서히 야행성이 되어가고, 우리의 생활 속에서 새벽도 서서히 자취를 감추기 시작한다. 물론 이것은 나에게만

국한되는 일인지도 모른다. 여전히 새벽 시장에는 싱싱한 목소리로 삶을 외치는 상인들의 생활이 있고, 아침 일찍 약수터에 올라서 맨손체조라도 해보는 부지런한 사람들이 있으니 말이다.

사실 밤늦도록 꿈지럭거리다가 새벽 2시나 3시가 넘어서야 잠자리에 드는 나에게 새벽에 일어나 신선한 기운을 만끽한다는 것은 꿈같은 얘기이다. 오죽하면 아침으로 약속을 정하면 그 순간부터 제시간에 일어날 걱정을 하겠는가 말이다. 지난 70년대에 중고등학교를 다닌 사람이라면 매주 일요일 아침에 마을 단위로 시행되었던 새벽 청소를 기억할 것이다. 새벽 6시면 마을 공터에 빗자루 하나씩 들고 모여 마을 앞길이나 문화재 부근을 청소했던 일 말이다. 청소는 대충 끝내고 모두 학교 운동장으로 몰려가서 사이다 내기 축구대회로 변질되기 일쑤였던 새벽 청소는, 그 시절에도 내게는 최대의 고역이었다. 아침에 일어나는 일이 너무도 힘들었던 것이다.

예전 선비들의 경우, 아침에 일어나서 활동을 시작하는 시간은 인시(寅時: 새벽 3~5시)였다. 연암 박지원의 『양반전』에 보면, 양반이란 모름지기 5경(五更: 인시)에 일어나 머리를 빗고 몸단장을 한 뒤 간단한 건강체조를 하고 책을 읽어야 한다고 했다. 그러니 이들의 취침 시간 역시 저녁 9시쯤이었을 것이다. 지금도 스님들의 일과를 보면 9시에 잠자리에 들어서 새벽 3시에 일어나게 되어 있는데, 아마도 근대 이전 우리 조상들의 삶이 대체로 이러하지 않았을까 싶다.

새벽의 신선함 때문인지, 조선시대 문집을 뒤지다보면 새벽을 노래한 시가 의외로 많이 발견된다. 하루를 시작하는 시간으로서의 새벽은 다단한 감흥을 불러일으키기 마련이다. 눈을 뜨면서 여전히 살아 있다는 것을 감동적으로 확인하는 사람이 있는가 하면, 병든 몸으로 맞이하는 새벽의 괴로움을 노래하는 사람도 있다. 새벽잠에 취한 몽롱함으로 세계를 바라본 사람도 있고, 어지러운 꿈으로 잠을 설친 사람의 새벽도 있다. 그러나 새벽은 많은 사람에게 신선하고 맑은 기운을 주는 희망의 시간으로 다가온다.

朝日暉暉淨竹籬	아침해 환히 비춰 대울타리 깨끗한데
籠邊刷羽小鵝兒	닭장 가엔 새끼 오리 깃 다듬는다
袷衣早起巡簷看	겹의 차림으로 일찍 일어나 처마를 둘러보니
照眼山榴薄霧時	눈에 비치는 산석류에 엷은 안개 낄 때

—서거정徐居正, 「일찍 일어나서早起」, 『사가집四佳集』 권4

서거정(1420~1488, 호는 사가四佳)은 삶의 순간마다 직관적으로 다가오는 감흥을 순간적인 감각으로 포착했던 뛰어난 시인이다. 위의 시 역시 아침 일찍 일어나서 문을 열고 나서는 순간 포착된 집안 풍경을 그림처럼 묘사하고 있다.

이 시는 앞과 뒤가 명료하게 배치되어 있었다. 앞의 두 구절에서 아침의 활발한 움직임을 그리고 있다면, 뒤의 두 구절에서는 시인의 눈에 든 아침의 고요한 풍광을 묘사한다. 크게 '움직임-고요함'이라는 구도를 가지고 있지만, 자세히 들여다보면 이 시는 고요함 속에 움직임을, 움직임 속에 고요함을 내포하고 있다. 기구(起句)에서는 아침해가 환히 떠올라 대나무 울타리의 맑은 풍경을 드러내는 고요함의 구도라면, 승구(承句)에서는 이제 막 잠에서 깨어난 새끼 오리가 물 쪽으로 가기 위해 깃털을 다듬는 부산스러운(오리의 시끄러운 울음소리를 연상해 보라) 행위를 통해 신선한 아침의 움직임을 효과적으로 포착하고 있다. 전구(轉句)에서는 잠옷을 미처 벗지 못하고 처마밑을 서성거리면서 주변을 바라보는 움직임의 구도를 취하고 있다면, 결구(結句)에서는 산석류(꽃이 피었는지 어떤지는 알 수 없지만, 아마 붉은 꽃이 피지 않았을까 싶다) 주변으로 옅은 아침 안개가 스미듯 걸쳐 있는 모습을 통해 고요함의 구도를 보여준다. 그렇게 본다면 이 시는 '고요함-움직임-움직임-고요함'이라는 수미쌍관적 이미지를 가지고 있다.

외가가 시골에 있는 사람들은 외가와 관련된 특별한 감흥이 한두 가지씩은 있을 것이다. 나 역시 그렇다. 어렸을 때 외가에 놀러 가면 어김없이 아침을 흔들어 깨우는 친구가 있었다. 거위와 오리 떼였다. 당시 외할머니는 거위 한 마리와 오리 여러 마리를 기르고 계셨다. 어린 눈에 비친 거위는 너무 컸기 때문에, 어쩌다가 나를 향해 꽥꽥거리며 마구 달려들면 미처 도망을 치지 못한 나는 엉덩방아를 찧으며 울곤 했다. 녀석은 낯선 사람이 집으로 들어오기라도 하면 어김없이 달려들어 부리로 그 사람을 쪼아대곤 했다. 그런데 오리는 작고 귀여워서 어린 나에게는 상당히 만만한 존재였다. 아침이면 온 집안을 뒤흔드는 오리들의 울음소리는, 종일 뛰놀다 지쳐 잠든 나의 새벽잠을 어김없이 깨우곤 했다. 서거정의 시를 읽으면서 나는 승구에서 어린 시절의 내 모습을 슬쩍 발견했다. 오리들이 고개를 한껏 틀어 털을 가다듬는 모습은 얼마나 소담스러운 추억거리인가.

서거정의 새벽이 지극히 개인적인 일상의 한순간을 잘 포착한 것이라면, 진화(陳澕, 생몰년 미상, 호는 매호梅湖)의 새벽은 역사의 새벽이다.

西華已蕭索	중화는 이미 스산해졌고
北塞尙昏蒙	북쪽 변방 아직도 어둑 몽롱해
坐待文明旦	앉아서 문명의 아침 기다리노라니
天東日欲紅	하늘 동쪽에 해가 불그레하다

—진화, 「사신으로 금나라에 들어가며奉使入金」, 『매호유고梅湖遺稿』

고려 후기, 무신들이 권력을 잡고 살육과 무법을 일삼던 격동의 시대. 진화에게 역사는 참으로 다층적인 모습이었을 것이다. 당시 송나라는 쇠락의 길로 접어든 지 오래고, 고려에 막강한 영향력을 행사하던 금나라 역시 쇠퇴기로 접어든 시기였다. 그러한 때에 진화는 사신의 임무를 띠고 금나라에 갔다. 이 시에는 조선시대 유학자들이 흔히 보여주는 중국*에 대한 끊임없는 짝사랑인 소중화의식(小中華意識)도 보이지 않고, 금나라**에도 위축되기는커녕 오히려 문명의 후진국으로 여기는 관점을 드러내고 있다. 문화적으로 선진국이었던 송나라의 쇠락은, 힘과 미개함으로 상징되는 북쪽 변방 금나라의 비문명화와 함께 진화의 눈에는 비판의 대상이었다. 국내의 상황은 어지럽고 힘들었지만, 진화는 고려에서 희망을 찾았다. 그는 이른 새벽에 일어나 앉아 문명의 아침을 기다린다. 어둑한 새벽녘, 오롯이 앉아서 나라의 희망을 관조하는 한 사내를 감동적으로 만날 수 있지 않은가.

깊은 밤의 고요함은 사람을 깊게 침잠시키지만, 새벽의 고요함 속에는 무엇인가 생기발랄하게 움직이는 기운이 스며 있다. 어둑한 하늘 저편에서 산그림자가 서서히 다가오는 새벽 무렵, 사람들은 저마다의 희망을 가슴 한켠에 숨기고 새날을 맞는다. 어떤 이는 일상의 표면에서 미끄러지기도 하고, 어떤 이는 역사의 심연에서 유영하기도 한다.

우리의 새벽은 어떤 시간인가.

* 서화(西華)란 서쪽의 중화(中華), 즉 송나라를 가리킨다.
** 북새(北塞)란 북쪽 변방이라는 뜻으로, 금나라를 가리킨다.

시비를 가리는 진정한 길

허후의 「시비의 노래」,
정두경의 「전원에서」

며칠 전, 참으로 당혹스러운 일을 당했다. 승용차로 마을 뒷길을 지나고 있었는데, 갑자기 작은 골목에서 차 한 대가 불쑥 튀어나왔다. 그 운전자는 좌우를 살피고 나온 것 같지도 않았다. 너무 놀라 급정거를 했다. 마침 그 차가 길옆에 서길래 나도 그 옆에 차를 멈추고 창문을 내렸다. 좌우를 살피지도 않고 그렇게 불쑥 들어오면 어떻게 하느냐고, 자못 상기된 표정으로 한마디했다. 그런데 그는 아무렇지도 않다는 듯이 오히려 그런 얘기를 하는 내가 못마땅하다는 듯한 표정으로 퉁명스럽게 말했다.

"당신이 살피면 되잖아."

할말을 잃은 나는, 그 순간 어찌할 바를 모르고 난감하게 그를 쳐다보다가 그만 머쓱해져서 자리를 떠날 수밖에 없었다. 그 일은 오랫동안 뇌리에 남아, 내게 생각할 거리를 만들어주었다. 차에서 내려 그와 시시비비를 따져야 하지 않았을까, 따진다면 어떤 논리로 그를 설복시켜야 했을까, 그는 이성적인 논의를 받아들일 만한 인물이었을까, 그게 안 되었다면 어떻게 해야 했을까, 생각은 꼬리에 꼬리를 물고 이어졌다.

시비(是非)를 가린다는 것은 무엇인가. 옳음(是)과 그름(非)의 절대적 준거는 있는 것인가. 많은 사람들이 되물었을 법한 이 질문은, 그 전제 조건으로 '나'라는 주체를 필요로 한다. 그렇다면 나를 버릴 때, 시비를 가리는 일 역시 무의미한 일이 되는 것이다.

어떤 스님에게 이런 얘기를 들은 적이 있다. 그 스님은 자동차를 몰고 마구 달리는 것이 취미라고 했다. 특히 자동차가 잘 다니지 않는 길을 갈라치면, 속도를 한껏 높여서 속도를 즐긴다는 것이다. 그러다보면 굽은 길에서 미처 핸들을 꺾지 못해 중앙선을 넘어 상대편 차도로 침범하기 일쑤였다. 생각해보면 아찔한 순간이 한두 번이 아니었겠지만, 혹시라도 맞은편에서 차가 오고 있었다면 대형사고도 불가피했을 것이다. 그러나 스님이야 자동차를 험하게 몰았으니 사고를 당해도 할 말이 없지만, 상대편 운전자는 자신의 차도로 운전을 잘하고 있다가 영문도 모른 채 사고를 당한 셈 아닌가. 얼마나 부당한 일인가. 그런데 얼마 후 이 스님이 사고를 당한 것이었다. 차를 몰고 가다가 굽은 길에서 중앙선을 넘어온 다른 차에 부딪혀 사고를 당한 것이다. 막상 사고를 당하고 보니 예전 자신의 운전 행태가 떠오르더란다. 또한 사고를 당한 자신이야말로 정말 억울한 것 아닌가 하고 자문했단다. 시비를 따지자면 스님 자신은 잘못이 전혀 없고 상대편에게만 잘못이 있다. 그러나 세상 인연법에 원인 없는 결과가 어디 있겠는가. 만약 한쪽이 자동차를 운전하지 않았다면 상대편이 사고를 내려도 낼 수가 없지 않았겠는가. 둘 이상의 대상이 있어야 비로소 사고가 성립하는 것이다.

어떤 사람이 물었다.

"스님, 저는 같은 사무실의 동료와 사이가 좋지 않습니다. 제가 아무리 잘해주려고 애를 써도 그는 제 마음을 받아들이지도 않을뿐더러, 오히려 제 선의를 악용하여 저를 공박하기 일쑤입니다. 어떻게 해야 할까요?"

스님이 대답했다.

"나를 완전히 비운다면 좋고 나쁨 자체가 없는 것이지요. 잘해주겠다는 당신의 마음도 비우세요."

시비란 이런 것이다. 나를 버리고 전혀 다른 생각의 구도를 형성하는 순간 모든 갈등은 사라지는 법이다.

是非眞是是還非	진짜 옳은 것 시비하면 옳은 것도 글러지니
不必隨波强是非	반드시 물결 따라 억지로 시비할 필요가 없지
却忘是非高着眼	도리어 시비를 잊고 높이 눈을 둔다면

力能是是又非非　　옳은 건 옳고 그른 건 그르다 할 수 있으리

—허후許厚, 「시비의 노래是非吟」, 『대동시선』 권4

세상사 시비 없이 어찌 살아가느냐며 핏대를 세우는 사람들도, 시비를 따져야 하는 경우에는 고민하고 괴로워한다. 세상에 시비를 재미로 거는 사람은 없지 않겠는가. 시비가 있으니 인간 세상 아니냐고 하는 사람들도 자신이 일부러 시비를 거는 경우는 없다. 그리고 시비하는 것을 긍정적으로 말하면서 그것을 예찬하는 사람들도, 사실은 시비 자체보다는 시비를 가리고 난 후 느끼는 시원함을 예찬하는 것이 아니겠는가.

허후(1588~1661, 호는 관설觀雪, 둔계遯溪)는 17세기 대학자 허목(許穆, 1595~1682, 호는 미수眉叟)의 형이다. 그는 현령으로 재직하던 시절에 법을 엄히 다스려 문제가 된 바 있고, 말년에는 예송논쟁(禮訟論爭)에 뛰어들어 서인(西人)과 논전을 벌였다. 시비를 가리는 문제에서는 결코 양보하지 않았던 인물이다.

나를 버리고 시비를 떠나야 한다고 말하면, 어떤 사람들은 책상물림의 나약한 소리라고 비난하기도 한다. 그럴 수도 있겠다. 그렇지만 정말 중요한 것은, 무엇을 시비해야 하고 언제 시비해야 하는지를 아는 것이다. 눈앞의 이익에 눈이 어두워 벌이는 시비는 자신을 이기적 욕망의 노예로 만듦으로써 투쟁과 반목의 원인을 제공한다. 정말 중요한 시비는 나의 삶이 좀더 창조적이 될 수 있고, 좀더 새로운 세계를

만들어나가는 데에 도움이 되어야 한다. 조선이 일본에 강점되자 자결을 하면서 유언으로 네 수의 시를 남겼던 황현(黃玹, 1855~1910, 호는 매천梅泉)도 "가을 등불 아래 읽던 책 덮고 천고(千古)를 생각해보니, 인간 세상에 식자 노릇 하기 어렵구나(秋燈掩卷懷千古, 難作人間識字人)"라고 읊은 바 있다. 정말 시비를 가린다는 것은, 허후의 시구대로, 옳은 것은 옳다고 하고 그른 것은 그르다고 하는 힘을 기르는 것이다.

그렇다면, 이렇게 사는 것은 어떤가.

垂柳陰中一逕微	수양버들 그늘 사이 한줄기 오솔길 희미한데
雜花生樹芳草菲	갖은 꽃 나무에 피고 풀은 향그럽다
騷人獨酌有詩句	시인 홀로 술 마시니 시구가 있고
村老相逢無是非	마을 노인 서로 만나도 시비가 없다
春水白魚爭潑潑	봄물에 물고기는 다투어 뛰놀고
野田黃雀自飛飛	밭에 참새는 절로 날아다닌다
翟公未解閑居興	적공은 한가로이 사는 흥취 알지 못하고
枉恨門前車馬稀	문 앞에 수레와 말 드문 것 부질없이 한탄한다

—정두경鄭斗卿, 「전원에서閑居卽事」, 『동명집東溟集』 권7

정두경(1597~1673, 호는 동명東溟) 역시 17세기 어지러운 시대를 살아가면서 시비를 가리는 일에 엄격했던 인물이다. 시골에서 한가로이 살아가는 한 선비의 삶을 그린 이 시는, 서로 시비하지 않으면서 세계가 어떻게 질서를 이루어나가는가를 노래했다.

늘어진 버들, 희미한 오솔길, 온갖 꽃이 만발한 나무들, 향기로운 풀, 이런 경물이 시인의 주위에 배치됨으로써 안온하고 평화로운 농촌 풍경을 만든다. 혼자 술 마시는 시인에게 시구가 있으니 즐겁고, 마을 노인을 만나도 시비할 일이 없는 것은 당연하다. 사람들뿐만 아니라 자연 속의 사물들도 마찬가지다. 넘실거리는 봄물 사이로 활발하게 노니는 물고기들, 밭 사이로 날아다니는 참새들, 이들은 서로 간섭하지 않으면서도 자연의 질서를 조화롭게 만든다. 이 구절은 『시경』에 나오는 유명한 구절, "솔개는 하늘에서 날고 물고기는 못에서 튀어오른다(鳶飛戾天 魚躍于淵)"를 이용하였다. 물고기가 활발하게 노닐고 참새가 자유롭게 날아다니는 모습에서 천지가 조화롭고 아름답게 운행되고 있음을 노래한다. 그러니 시비 속에 사는 사람들이야 이런 한가로운 흥취(한가롭다고는 했지만 사실은 시비를 떠난 자유로운 삶일 것이다)를 모르는 것이 당연하다.

적공(翟公)은 한나라 때의 적공서문(翟公書門)을 말한다. 그가 정위(廷尉) 벼슬에 오르자 사람들이 몰려들어 문전성시를 이루었다가, 벼슬에서 물러나자 방문객이 끊겼다고 한다. 후에 다시 정위 벼슬에 올랐는데 사람들이 다시 예전처럼 찾아오는 것을 보고는 인정세태(人情世態)를 한탄했다는 것이다. 이러한 것이야말로 눈앞의 이익에 따라 시비를 가리는 것이니, 그 변화무쌍함이야 어찌 말로 다 하겠는가.

시비 속에 사는 사람이라면 아무리 높은 벼슬에 올라도 조화로운 천지의 질서를 체득하지 못한다. 자연 속에서 여유롭게 살아가는 정두경의 눈에 그런 삶은 얼마나 각박한 삶이었을까.

옳고 그름을 가리지 말라는 것이 아니다. 시비를 가려야 할 때 가지리 못하고, 가리지 말아야 할 때 가린다면 어찌 그것이 시비를 가리는 것이겠는가. 옳고 그름은 상황에 따라 항상 그 기준이 달라지는 법이다. 하나의 기준을 정하는 바로 그 순간, 시비를 가리는 일은 헝클어지고 고통스러운 세상을 만들게 될 것이다.

근심과 화평의 경계선에서

김시습의 「소향정에 올라서」

깊은 산에서 시작하여 큰 바다에 이르기까지, 강은 흐르기를 멈추지 않는다. 흐르기를 멈추었을 때 그것은 이미 강이 아니다. 흐르는 강물을 보면서 많은 사람들이 삶의 영원함을 읽거나 진리의 항상성을 발견한 것은 이에서 연유한다. 인생백년이라고들 하지만 살다보면 참으로 짧은 세월 아닌가. 그러나 강물의 흐름은 언제나 한결같았고, 인간은 자신의 유한함을 돋을새김하는 자료로 강물을 주목하지 않았을까.

강가 언덕 위에서 공자는 제자들에게 이렇게 설파한 바 있다. "흐르는 것이 이와 같도다. 밤낮으로 쉬지 않는구나!(逝者如斯夫, 不舍晝夜)" 공자에게 강물은 끊임없이 노력하는 상징물이었던 것이다. 이러한 전통을 이어서 조선의 유자들 역시 강물의 영원성을 노래하였다. 널리 알려진 바 있는 퇴계 이황(1501~1570)의 『도산십이곡陶山十二曲』 중 "청산(靑山)은 어찌하여 만고(萬古)에 푸르르며, 유수(流水)는 어찌하여 주야(晝夜)에 그치지 아니하는고, 우리도 그치지 말아 만고상청(萬古常靑)*하리라" 하는 경계는 바로 공자의 이러한 자세를 이은 것이다. 만고상청의 경계라니! 그것은 성삼문이 죽음 앞에서도 꼿꼿할 수 있었던 겨울철 푸른 소나무의 독야청청(獨也靑靑)**과는 또다른 깊이를 보여주는 것이 아닌가.

졸졸 시작한 냇물은 하나씩 모여 점점 큰 강줄기를 이룬다. 때로는 거대한 흐름을 만들기도 하고 때로는 소용돌이치면서 감돌기도 한다. 큰 바다로 가는 길이 어찌 쉽기만 할 것인가.

어렸을 때 생각이 난다. 여름에 큰비가 한번 내리고 나면 친구들끼리 삼삼오오 짝을 지어 물구경을 간다. 여전히 가랑비가 부드럽게 몸을 감싸면서 내리지만, 우산 하나 제대로 받치지 않은 채 제방 둑으로 물구경을 간다. 시뻘건 흙탕물이 휘감아 돌면서 제방 옆을 할퀴고, 이따금 뿌리 뽑힌 나무가 온몸을 뒤흔들며 물속에 잠겨 떠내려간다. 그 옆에 서 있으면 그 속으로 빨려들어갈 것만 같다. 한편으로는 장관이었지만, 어린 마음 저편에 숨어 있는 것은 아마도 근원적인 공포감이 아니었을까.

격랑이 지나면 평화가 찾아온다. 분노처럼 바위를 치고 흘러내리던 강물도 그곳을 지나면 평탄한 흐름으로 바뀐다. 마치 고여 있는 듯이 보이는, 그래서 거울 같다는 표현으로 상징되는 고요함. 바로 그 경계선에 정자(亭子)가 있다. 생각해보면 어떤 정자든 마구 격탕(激盪) 치는 강물 옆에 지은 것은 거의 없다. 고요히 흘러 감돌아가는 아늑한 곳에 정자가 있다. 정자란 모름지기 산만 있어도 안 되고 강만 있는 곳이어도 안 된다. 산과 강이 함께 어우러진 곳에 정자가 있다.

춘천에 있는 소양정(昭陽亭)도 산과 강이 만나는 경계선에 위치한다. 소양정은 강 건너 우두벌을 바라보는 봉의산록에 있다. 춘천 일대에서는 가장 유명한 정자였던 소양정은 예로부터 시인묵객들의 발길이 끊이지 않았던 곳이다. 그들은 소양정에 올라 풍광을 만나면 시 한 수를 남기곤 하였다.

본래 이 정자의 이름은 이요정(二樂亭)이었는데, 조선 순조 때 춘천 부사 윤왕국(尹王國)이 소양정으로 개칭하였다고 한다. 이요정이라는 이름은 『논어』에 나오는 "어진 사람은 산을 좋아하고 지혜로운 사람은 물을 좋아한다(仁者樂山, 知者樂水)"는 유명한 구절을 염두에 둔 것이다. 그만큼 이 정자의 위치가 물과 산을 동시에 완상(玩賞)할 수 있는 곳이기도 하다는 뜻이다.

정자가 언제 처음 건립되었는지 알려주는 자료는 없다. 심지어는 삼한시대에 건립되었다고 하는 속설까지 있는 형편이다. 현재 소양정은 봉의산 중턱에 있지만, 원래는 지금의 위치보다 더 아래인 강 바로 옆에 있었다. 1605년 홍수로 유실된 것을 1610년 부사 윤희담(尹希聃)이 재건한 바 있고, 1647년 부사 엄황(嚴愰)이 중수하면서 정자 동쪽에 선몽당(仙夢堂)이라는 건물을 한 채 더 세웠으나, 홍수로 다시 유실

되었다. 1780년 부사 이동형(李東馨)이 복원하는 등, 이 정자는 홍수로 여러 차례 유실되었다가 복원되기를 거듭하였다. 현재의 정자는 한국 전쟁 때 소실된 것을 1966년에 지금의 터로 옮겨 지은 것이다.

조선 초기에 한동안 경운산*** 청평사(淸平寺)에 머물던 매월당 김시습은 이런 시를 남겼다.

鳥外天將盡	새 저편 하늘은 다할 듯하고
愁邊恨不休	근심 옆 한은 끝나지 않네
山多從北轉	산은 대부분 북쪽을 좇아 돌고
江自向西流	강은 절로 서쪽 향해 흐른다
雁下沙汀遠	기러기 내리는 모래톱 멀고
舟回古岸幽	배 돌리는 옛 언덕 그윽한데
何時抛世網	언제나 세상 인연 떨치고
乘興此重遊	흥취를 타고 이곳에서 다시 노닐꼬

透迤亭下水	구불구불 정자 아래 흐르는 물
遙向鳳城東	아스라이 춘천의 동쪽 향한다
日夜歸心切	밤낮으로 돌아가고픈 마음 절실하고
乾坤去路通	천지에 가는 길 통해 있네
豺狼當白晝	승냥이 이리 떼 대낮에 길을 막고
鷄犬鬧晴空	닭과 개 소리 맑은 하늘에 소란한데

薄暮倚欄望　　땅거미 질 무렵 난간 기대 바라보며
開襟當北風　　가슴을 열고 북풍을 맞이한다

縱目不知返　　마음껏 보낸 눈길 돌아올 줄 모르고
幽懷入泬寥　　그윽한 생각은 텅 빈 하늘로 들어간다
牛頭如倡髻　　우두산은 계집의 올린 머리 같고
馬峴似蠶腰　　말고개는 누에 허리 같아라
雲自高飛盡　　구름은 높은 데서 날아 다하고
天從望極遙　　하늘은 조망을 따라 아득하니
客愁聊蕩盡　　나그네 근심이 그 덕에 사라져
時復鼓蘭橈　　때때로 노를 두드리노라

—김시습, 「소양정에 올라서登昭陽亭」, 『매월당집』 시집 권13

우리는 김시습의 행적에서 흔히 방랑과 비판의 정신을 읽곤 한다. 김시습은 어떤 인물인가. 보잘것없는 가문에서 태어난 그는 자신의 뛰어난 재주를 바탕으로 뭇사람들의 눈길을 한몸에 받으면서 자랐다. 불과 세 살 때 한시(漢詩) 연구(聯句)를 엮었다든지, 혹은 다섯 살 때 이미 세종의 지우(知遇)를 받았다든지 하는 전설 같은 일화는 그가 얼마나 뛰어난 재주를 가졌는지를 입증해준다. 그랬기에 주위의 많은 사람들뿐만 아니라 그 자신까지도 앞날의 탄탄대로를 믿어 의심치 않았을 것이다.

그의 삶이 예기치 않은 사건으로 삐끗하게 된 것은 바로 수양대군의 왕위 찬탈 사건이었다. 김시습은 당시 삼각산(三角山)에 있는 절에서 글을 읽고 있었다. 역모 소식을 접한 김시습은 사흘 동안 아무것도 먹지 않고 바깥출입도 하지 않은 채 깊은 침묵에 빠졌다. 그리고 그 길로 길고 긴 방랑을 시작한다. 그는 서울 주변을 배회하는 것을 시작으로 송도 및 관서지방, 관동지방, 호남지방을 차례로 유력(遊歷)한 후 잠깐 금오산과 서울 부근에 정착하였다. 그러다 다시 관동지방과 호남지방을 배회하다가 결국 무량사에서 방랑의 삶을 맺는다.

위에 소개한 시는 정확히 언제 지은 것인지는 알 수 없으나, 작품 배열이 여행지 순서로 되어 있는 것으로 미루어 아마도 그가 서른일곱 살부터 마흔여덟 살까지 약 10년간의 성동은거기(城東隱居期)를 마치고 다시 관동으로 방랑을 떠났을 때의 것으로 추정된다. 그는 오랜 세월 방랑하다가 금오산에 은거하며 세상과 인연을 끊고 지냈다. 그러다가 무슨 마음이 들었는지 문득 환속하여 한양성 동대문 밖에 몇 뙈기의 밭을 마련하고 결혼을 한다. 그러나 아내가 죽자 다시 행장을 꾸려 비승비속(非僧非俗)의 행색으로 방랑의 길을 떠난다. 다시는 세상으로 돌아가지 않을 여행을 떠난 것이다.

일반적으로 정자에서 노닐면서 지은 시들이 주위의 풍광이나 자신의 흥겨운 회포를 노래하는 반면, 김시습의 이 시는 자신의 고민과 갈등을 소양정 주변의 경관과 관련지어 잘 형상화하고 있다는 점에서 흥미로운 작품이다.

이 시는 소양정에 올라서 근심과 한스러움으로 가득찬 자신의 삶을 돌이켜보는 것으로 시작한다. 지금도 소양정에 올라보면 무심한 얼굴로 이리저리 휘어서 누워 있는 소양강을 볼 수 있다. 지금의 자리보다 강가에 훨씬 가까이 있었던 정자에서 내려다본 김시습의 시선은 강과 한결 가까웠을 것이고, 넓은 하늘은 더욱 넓어 보였을 것이다. 드넓은 하늘이 끝나가도 자신의 시름은 끝나지 않으리라는 투의 말로 시를 시작한 것은 의미심장하다. 평생 방랑과 근심으로 점철된 세월. 그것은 세상과의 인연을 포기하고 잊지 못하는 것에서 비롯된다. 첫째 수 7·8구에서 세상 그물을 포기하고 싶은 심정을 토로한 데에서 그가 아직도 세상에서 머뭇거리고 있음을 알 수 있다.

김시습의 시는 자신이 서 있는 소양정의 평온함과 소양정 저편 험난한 세상의 이원구조로 이루어져 있다. 자신은 이곳의 평온함을 즐기며 살고 싶고 또한 그 즐거움을 세상으로 확대하고 싶지만, 그렇게 할 수 없는 것이 현실이다. 둘째 수 5구에서 승냥이나 이리 등으로 표현된 것처럼, 자기 이상의 실현을 막고 있는 부당한 세력 때문이다. 표면적으로 보면 이 표현은 춘천이 워낙 산골짜기라서 대낮에도 이리나 승냥이가 길을 횡행한다는 의미이지만, 실제로 그것이 가리키는 바는 부당한 힘으로 정권을 농단하면서 백성들의 삶을 힘들게 하는 권신(權臣)들이다. '豺狼當路(시랑당로)'는 간악한 대신(大臣)이 요로(要路)를 점거하고 권세를 떨친다는 의미로 쓰이는 상투어이기 때문이다. 그것은 땅거미 질 무렵의 시간적 배경과 어울려 쓸쓸한 느낌을 던져주지만, 곧이어

등장하는 "가슴을 열고 북풍을 맞이한다"는 데에서 김시습의 굳건한 의지와 세상에 대한 의연한 자세를 엿볼 수 있다. 그리고 마지막 수에서 노래하는 것처럼, 비로소 자신이 서 있는 소양정의 아름다운 풍광을 즐기면서 뱃전을 두드리며 노래하는 경지에 이른다.

예전 자신과 함께 공부하던 사람들은 권력의 길로 들어서서 고위층에 있지만, 자신은 결코 뜻을 꺾을 수 없어 방외(方外)에서 노닐었던 김시습. 평생토록 권세와 무명, 부와 궁핍, 안일과 고달픔, 안주와 떠돎의 경계선에서 갈등하고 번민하면서도 끝내 치열한 비판의식을 잃지 않았던 사람. 그는 소양정에 올라서도 여전히 경계인(境界人)이었다. 그럼에도 산과 강의 경계, 의연함과 유유함의 경계에 서 있는 소양정 한 구석에서 세찬 북풍을 온 가슴으로 맞으며 역사와 험난한 현실 앞에 당당했던 사람이다.

오늘, 눈 쌓인 소양정에 올라 강을 바라본다. 김시습의 시를 떠올리며 이 시대를 생각한다. 나는 어디에 서서 갈등하는 경계인인가.

* 영원히 언제나 푸르다는 뜻이다.

** 홀로 푸르고 푸르다는 뜻이다.

*** 지금은 오봉산(五峯山)으로 부르지만, 원래 이름은 경운산 혹은 청평산(淸平山)이었다.

가슴속 시퍼런 칼 한 자루

가도의 「검객」,
일선의 「임종게」

사람들은 저마다 가슴속에 칼 하나 품고 지내는지도 모른다. 언제나 시퍼런 날을 세워놓고 그것을 사용할 기회가 주어지기만 하면 번개처럼 뽑아 적을 벨 태세로 긴장감을 늦추지 않은 채. 그러나 그 칼은 끝내 칼집에서 뽑을 기회조차 얻지 못하고, 흐르는 세월 속에서 가슴속 칼은 서서히 녹슬어가기도 한다.

칼은 생각하기만 해도 서늘한 떨림과 함께 묘한 매력을 주는 물건이다. 한동안 그 매력에 이끌려 여러 자루의 칼을 모으기까지 했던 나로서는, 아직도 칼의 매력을 완전히 떨쳐버리지 못하고 있다. 이따금 가방 속에 넣고 다니면 뭔지 모를 뿌듯함이 마음의 긴장감을 부채질한다. 우리 또래 사내들이 항용 그러했듯이, 나도 한때는 이소룡 일파의 추종자로 살았다. 이소룡의 기괴한 발성과 신기에 가까운 쌍절곤 묘기, 간단한 듯하면서도 상대를 단박에 제압해버리는 무술은 항상 내 눈길을 사로잡았다. 그런데 신기한 것은, 이소룡 영화에는 칼이 중요한 무기로 등장한 적이 없다는 점이다.

전기가 들어오지 않았던 우리 마을에서 10대 초반부터 빠져들었던 무협지의 세계는 환상과 낭만적 사랑이 횡행하는 곳이었고, 진정한 사나이들의 삶을 보여주는 곳이었다. 도시로 유학을 간 나는 이내 이소룡 영화에 빠져들었는데, 무협소설 속 주인공의 주무기였던 칼이 거의 등장하지 않은 것에 신기해했었다.

내가 다시 한번 칼에 대해 강렬한 인상을 품게 된 것은 대학 3학년 때였다. 당시 나는 『고문진보古文眞寶』의 아름다움에 흠뻑 취해 있었다. 당시 학과목 중의 하나가 〈고문진보강독〉이었다. 이 책은 전집과 후집으로 나누어져 있는데, 전집에는 시가, 후집에는 산문이 수록되어 있다. 그런데 후집에 수록된 글을 몇 쪽 읽기도 전에 가슴을 깊숙이 찌르는 시 한 편이 있었다. 가도(賈島)*의 「검객劍客」이라는 시였다.

十年磨一劍	십 년 동안 칼 한 자루 갈아
霜刃未曾試	서릿발 같은 칼날 아직 시험치 못했노라
今日把贈君	오늘 그대에게 주나니
誰有不平事	뉘게 공평치 못한 일이 있는가

—가도, 「검객」, 『고문진보』

읽으면 서늘한 칼바람이 느껴지는 작품이다. 십 년 동안 칼(칼에는 크게 두 종류가 있다. 양쪽에 모두 칼날이 있는 것을 '검劍'이라 하고, 한쪽에만 칼날이 있는 것을 '도刀'라고 한다)을 갈았으니 서릿발 같은 칼날이야 말해 무엇하겠는가.

가도는 퇴고(推敲, '추고'라고 읽기도 한다) 고사와 관련하여 우리에게 널리 알려진 당나라 때의 시인이다. 당나라 때의 대문호 한유(韓愈)의 행차가 지나가는데, 웬 사내 하나가 행렬과 부딪친다. 사정을 알아보니 가도라는 시인이었는데, 시에 쓸 글자를 골똘히 생각하다가 그렇게 되었다는 것이다. "새는 연못가 나무에 깃들이고, 스님은 달빛 아래 문 두드린다(鳥宿池邊樹, 僧敲月下門)"는 구절에서 '敲(두드리다)'를 사용할까 '推(밀다)'를 사용할까 생각하다가 지나가던 한유의 행렬을 침범한 것이었다. 한유 역시 당대의 문장가라, 그가 '敲'가 낫겠노라고 하여 결국 그 글자를 쓰게 되었다는 것이 바로 퇴고에 얽힌 이야기이다.

가도는 오랫동안 승려로서의 삶을 살기도 했고, 나중에 환속하여 미관(微官)이나마 벼슬길에도 나섰다. 그는 시구에 대한 집요한 탐색으로 정평이 나 있어서, 이후의 시화서(詩話書)류에 설화적 인물로 이따금씩 그려지는 인물이다. 그런 만큼 그가 가진 울울함 또한 짐작할 만하다. 아무도 없는 깊은 곳에서 숫돌에 칼을 갈고 있는 모습에서 우리는 구도자적 자세를 발견한다. 예전에 읽던 『고문진보』에는 예의 근엄한 어투로 이 시에서의 칼이란 학문을 의미한다고 주석을 붙이고 있다. 그러나 어디 학문뿐이겠는가. 세상을 살아가면서 언젠가는 한번

휘둘러보고 싶은 마음속의 힘, 그것이 바로 우리의 칼이 아니겠는가. 공평치 못한 일이 있다면 나의 칼로 처리해주겠노라는 발언에서는 시인의 자신에 찬 눈동자와 꽉 다문 입술이 그대로 느껴진다.

그렇게 볼 때, 가도의 칼은 인간의 근원적 욕망—그것이 불순하고 음습한 욕망이든 아니면 세상을 구제하겠노라는 인류애적 욕망이든 간에—의 정점에 있다고 할 수 있는 것이다. 그리고 이와는 전혀 다른 방향에서 칼을 발견할 수도 있다.

三尺吹毛劍	석 자짜리 취모검
多年斗牛藏	여러 해 동안 북두성 속에 감추었지
太虛雲散盡	태허에 구름 모두 흩어지자
始得露鋒鋩	비로소 드러나는 저 칼끝이여

—일선一禪, 「임종게」, 『정관집靜觀集』

일선 스님(1533~1609, 호는 정관靜觀)은 서산대사의 제자로, 16세기 후반 조선의 불교계를 이끌었던 대표적인 스님이다. 그는 임진왜란을 겪으면서 시대의 아픔을 몸으로 체험했다. 그에게 인간으로서의 삶은 고통으로 얼룩진 큰 바다였다. 그러나 그 밑바닥을 '고요히 바라보면〔靜觀〕' 본래 고통이란 실체 없는 허상이다. 중생들이야 허망함을 허망함으로 인정하지 못해 이렇게 살아가지만, 생사의 경계를 뛰어넘으려는 대장부에게는 허망함을 깊이 살피고 인정하는 마음이 중요할 것이다. 생사의 경계를 뛰어넘으려는 바로 그 순간에는 세상의 번뇌를 끊어버리는 일이 중요하다. 일선 스님의 칼은 바로 번뇌를 끊어버리는 지혜의 칼인 것이다.

취모검이란 너무 날카로워서 칼날 위에 머리카락을 올려놓고 입으로 '후우' 불면 머리카락이 잘린다는 칼이다. 그 선득한 느낌에서 나는, 번뇌를 끊으려는 강한 의지를 본다. 그러나 그 칼은 오랜 세월 동안 북두칠성 속에 감추어두었던 칼이다. 이 구절은 과거 명검으로 이름난 보검(寶劍)의 고사와 관련된 것이다. 중국 진(晉) 무제(武帝) 때의 일이다. 견우성(牽牛星)과 남두성(南斗星) 어간에 항상 자줏빛 기운이 어려 있었다. 장화(張華)가 뇌환(雷煥)에게 물으니, 뇌환이 대답하였다. "저것은 보검의 정기입니다." 후에 뇌환이 풍성(豊城)의 현령이 되어 갔다가 보검 두 자루를 얻었다. 간장검(干將劍)과 막야검(莫邪劍)이 그것이다. 그 검의 상서로운 빛이 하늘에 닿아서 자줏빛 기운으로 어려 있었던 것이다.

이것을 두고 당나라 초기의 대표적인 시인 왕발(王勃)이 자신의 명편 「등왕각서騰王閣序」에서 "용천검의 빛이 두우(斗牛) 별빛 어름을 쏜다(龍光射斗牛之墟)"고 표현한 바 있거니와, 이러한 상황을 바탕으로 일선 스님은 여러 해 동안 남두성과 견우성에 취모검을 감추어놓았다고 표현한 것이다. 아무도 볼 수 없는 경계, 그 깊은 곳에 보검 한 자루가 빛나고 있는 것이다.

'태허'란 드넓은 깨달음의 세계가 아닐까싶다. 원래 마음속이 태허였지만 구름에 싸여 그것이 태허인 줄도 모르고 살아간다. 그것이 중생이다. 태허에 구름이 걷히고 명랑한 하늘이 드러나면 비로소 서늘한 칼끝도 모습을 드러낸다. 그럴 때 취모검의 칼끝은 번뇌를 가차없이 끊어버리는, 칼날을 한껏 세운 지혜의 검이다. 가도의 시에서 칼이 세속의 분란을 끊어서 정리하려는 칼이라면, 일선 스님의 칼은 세속의 모든 번뇌를 끊어버리고 깨달음의 경계로 들어가려는 칼이다.

조그만 일에도 벌컥 화를 내다가 종국에는 살인에까지 이르는 요즘의 세태로 보면, 칼은 얼마나 위험한 흉기인가. 그러나 옛사람들의 시에 등장하는 칼은 사람을 살리는 칼이다. 살인검(殺人劍)이 아니라 활인검(活人劍)이다.

누구나 가슴속에 칼 한 자루씩 품고 산다. 매일 밤 우리는 가슴속의 칼을 꺼내 날카롭게 날을 세운다. 언젠가는 절정고수처럼 초식을 발휘할 날을 꿈꾸면서. 그렇지만 우리는 그 칼이 어떤 칼인지 묻지 않는다. 생각해보라. 당신의 칼은 살인검인가, 활인검인가.

* 당나라의 시인으로 자는 낭선(浪仙). 지금의 하북성 범양에서 태어났다. 여러 차례 과거에 실패하고 출가하였으나, 811년에 낙양에서 한유(韓愈)와 교유하면서 환속하였다. 그의 시는 북송의 맹교(孟郊)와 더불어 교한도수 (郊寒島瘦)라는 평처럼 풍족한 정서는 결핍되어 있지만, 서정적인 시는 매우 세련되었다. 작품에 『가낭선장강집賈浪仙長江集』 10권이 있다.

세고(世苦)를 잠시 놓고

김시습의 「청평산 세향 남창에서」

석굴암 감실(龕室)에 모셔진 불상들 중 가장 흥미로운 불상은 유마거사(維摩居士)의 조각상이다. 사실 그 유마거사의 조각상을 석굴암에서 직접 본 적은 없다. 석굴암의 이곳저곳을 사진으로 남긴 도록을 보다가 우연히 만난 것이다. 문수보살(文殊菩薩)이나 보현보살(普賢菩薩)의 유려한 아름다움도, 금강역사(金剛力士)의 역동적인 모습도 전혀 가지고 있지 못한 유마의 상에서 나는 왜 그렇게 흥미를 느낀 것일까. 늙고 쇠약한 듯한 모습이며 펑퍼짐하게 앉아 있는 자세는 누구의 눈길도 끌지 못했을 것 같다. 숨막힐 듯이 압도하는 본존불의 장엄함이나 주변을 에워싼 불보살들의 흠잡을 데 없는 모습에 가려 별다른 주목의 대상이 되지 못했을 것임에 틀림없다. 더욱이 사람들의 눈길을 피해 위쪽 감실 속에 고즈넉이 숨어 있음에랴.

부처와 중생이 하나라지만 우리 삶이 어디 그런가. 끝없는 인연의 그물코 위에서 아슬아슬한 곡예를 펼치는 사람들에게 유마거사의 언어는 아득한 어둠이다. 내가 누구인가에 대한 질문을 꾸준히 제기하면서 인류의 역사가 전개되어왔다지만, '나'에 도달했다는 것은 그저 떠도는 소문으로만 전해올 뿐, 그 소문을 확인할 방법은 없다. 내가 아닌 나를 느낄 때마다 항상 생각하는 것이 경계(境界)이다. 도대체 나를 경계 지을 수 있는 기준은 무엇일까. 혹 그 기준이 없는 것은 아닐까. 세상 어떤 사물도 자신만의 확실한 경계를 가지지 못하는 것이라면, 우리는 없는 경계에 묶여 허망의 바다를 떠도는 것 아닌가.

비승비속(非僧非俗)이라 불리는 사내가 있다. 사람들은 그의 삶에서 어느 쪽의 경계에 초점을 맞추어야 할지 혼돈스러웠다. 마치 유마거사에게서 보이는 느낌처럼 그 사내의 삶은 경계를 초월해 있는 것처럼 보였다. 설잠(雪岑)이다. 우리는 그를 매월당 김시습으로 기억한다. 김시습이 승려로서의 생활을 하면서 가지고 있던 법명은 설잠이었다. 율곡 이이(1536~1584)가 김시습을 평하면서 "속마음은 유생이로되 겉모습은 스님(心儒跡佛)"이라는 평을 내린 것도 김시습이 보여주는 경계의 모호함에서 비롯된 것일 터이다.

일생을 바람으로 돌아다니면서 경계의 모호함을 몸으로 보여주었던 설잠. 이 산하에 그의 발길이 닿지 않은 곳은 없었다. 우리가 알고 있는 설악산 오세암에도 그와 관련된 전설이 전해지고 있거니와, 춘천의 청평사에서도 족적을 살필 수 있다. 지금은 그 터가 어디인지조차 짐작하기도 힘들지만, 설잠 당년만 하더라도 세향원(細香院)이라는 누원(樓院)이 있었다. 그는 이곳에 한동안 머물렀다. 세향원에서의 삶을 보여주는 시 한 편이 전한다.

朝日將暾曙色分	아침해 밝으려는지 새벽빛 분명한데
林霏開處鳥呼群	숲의 안개 열리는 곳에 새들이 무리를 부른다
遠峯浮翠排窓看	먼 봉우리에 떠 있는 푸른빛, 창을 밀고 바라보고
隣寺踈鐘隔巘聞	이웃 절 느긋한 종소리, 산너머에서 들린다
青鳥信傳窺藥竈	파랑새 소식 전하며 약 달이는 아궁이 엿보고
碧桃花落點苔紋	푸른 복사꽃은 떨어져 이끼 무늬에 점 찍는다
定應羽客朝元返	정녕코 신선은 상제께 조회하고 돌아와
松下閑披小篆文	소나무 아래 한가롭게 글을 펼치고 있을 테지

—김시습, 「청평산 세향 남창에서題清平山細香南窓」 제1수, 『매월당집』

이 시는 그의 시 중에서 드물게 평정의 세계를 보여주는 작품이다. 아침 숲의 안개를 여는 새벽빛이라든지 새들의 역동적인 움직임, 먼 봉우리의 푸른빛이 머무르는 남쪽 창문, 험한 산 사이로 굽이쳐오는 종소리는 이 시의 전반부를 정중동(靜中動)의 세계로 안내한다. 비교적 동적인 이미지를 배치하여 새벽을 맞이하는 기쁨을 내밀하게 전한다. 후반부는 전형적인 도선(道仙)의 세계를 그리고 있는데, 신선으로서의 삶이 자신의 것인지는 명확지 않다. 다만 옥황상제에게 조회하고 돌아와서는 글을 펼치고 있으리라는 단정 어린 추측에서 이 삶이 설잠 자신의 것은 아니리라는 생각을 할 수 있다. 그는 다만 신선의 소식을 전한다는 파랑새를 통해 소식을 들을 뿐이다.

평생을 갈등과 방랑으로 보낸 그이기는 하지만, 위의 시에서는 그러한 갈등이 전혀 보이지 않는다. 설잠에게 청평산 골짜기는 속세의 온갖 더러움을 떠난 이상향이 아니었을까. 아침에 눈을 뜨면 밝은 희망과 마음의 평정이 유영하는 청평산에서 설잠의 불교적 생각이 배태된 것은 아닐까. 특히 유교나 불교가 그 과정에서는 차이가 있을지언정 목표로 삼는 것에는 전혀 다름이 없다는 설잠의 생각은 경계인으로서의 삶을 잘 조화시킨 데에서 발현된 논리이리라.

스스로 못생기고 키도 작다고 여겼던 설잠. 그러나 "머리를 깎은 것은 더러운 세상을 피하기 위함이요, 수염을 남긴 것은 대장부임을 표시하기 위함(削髮避塵世, 留鬚表丈夫)"이라고 말하던 당당한 거인 설잠. 속인과 스님, 정주자와 방랑자, 방내(方內)와 방외(方外)의 경계에서 갈등하면서 새로운 삶을 모색하던 사내가 지금 우리 앞에 거대한 산으로 우뚝 서 있는 것은 환각만이 아닐 것이다.

유자로서의 삶을 후회하지 않는다

이인로의 한시 몇 편

피로함과 간고함만 있을 뿐

문학 작품에 스며 있는 사회현실의 반영이 일대일의 대응양식으로 존재하는 것은 아니다. 작가는 자신이 경험하는 사회, 역사적 현실을 근거로 작품을 창작하기 때문에 특별한 경우가 아니고서는 대체로 개인적 서정의 표출로 그 형태를 드러내기 마련이다. 특히 시를 비롯한 서정 장르가 그러하다. 역사적 현실의 다양하고 간고(艱苦)한 삶 속에서 자신이 부딪치고 느끼면서 형성하게 되는 서정은 문학의 여러 장치를 통하여 드높은 예술적 감염력을 동반하면서 형상화된다. 그것은 기본적으로 개인의 것이며 주관적인 것이라 할 수 있다. 그런데 개인적이고 주관적인 정서가 작품으로 형상화되면 그 정서는 독자들의 공감을 얻게 되고, 이러한 공감(혹은 예술적 감염력)은 광범위한 지지를 얻으면서 더는 개인적이고 주관적인 것으로 남아 있기를 거부한다. 이것은, 말하자면 개인적 서정의 사회화, 혹은 주관적 서정의 객관화인 것이다. 이러한 경향이 높은 타당도를 성취하면서 시대를 초월하여 그 예술적 감염력을 확대해나갈 때 비로소 우리는 문학의 새로운 해석을 만날 수 있을 것이다.

한시의 경우에는 작품의 해독에 많은 정력을 쏟거나 그 철학적·역사적 토대가 무엇인가 하는 점에 관심의 초점을 맞춤으로써 한시가 지니고 있는 이미지나 상징의 측면을 소홀히 다루는 경우도 많았다. 한시 역시 문학 작품이므로, 우리가 주목해야 할 것은 철학적·역사적 사실의 반영으로서의 그것이 아니라, 개인이 서정을 표출하는 매개체로서의 한시이다. 앞에서 언급했듯이, 그것이 종국에 가서는 사회적·역사적 정서로 환원되어 발전한다 하더라도, 개인적인 정서 표출에 대한 문학적 측면의 분석이 전제되어야 비로소 올바른 문학의 해석에 들어갈 수가 있다.

이런 점에 유의하면서 고려 후기의 대표적인 문인 이인로(李仁老 1152~1220, 호는 쌍명재雙明齋)의 한시가 지니는 문학적 이미지나 상징이 어떻게 작품 속에 스며 있으며, 그것을 통하여 그가 말하려는 의도와 독자가 느끼는 예술적 감동의 방향을 평석(評析)* 해보자. 문학 작품 속에서의 정서 표출이 개인적·주관적 측면이 강하듯이, 그것의 평석 역시 그러한 요소를 지닌다. 그러나 평석은 시에 대한 객관적 설명을 목표로 하는 것이므로, 이인로의 시가 지닌 이미지나 상징, 작품 내적 구조 등을 되도록이면 객관화시켜 설명하려 할 것이다. 이러한 작업을 통하여 우리는 이인로의 한시가 가지고 있는 문학적 감동이 어떻게 사회적 공감을 획득하는가 하는 문제를 논의할 단서를 찾을 수 있을 것이다.

孔雀屛深燭影微	공작병풍 깊숙하고 촛불 그림자 희미한데
鴛鴦睡美豈分飛	원앙의 잠 달콤하니 어찌 헤어져 날아가랴
自憐憔悴靑樓女	스스로 가련히 여기나니, 초췌한 청루의 여자는
長爲他人作嫁衣	길이 남을 위하여 시집갈 옷만 짓네

—이인로, 「궁중에서 비지를 쓰고 나서內庭寫批有感」, 『파한집』

이 작품은 궁중에서 자신이 맡은 임무를 수행하면서 느낀 감정을 반영한다. 제목에서 이미 비지(批旨)를 쓰고 난 후의 느낌을 적은 것이라고 하였으니 이 시의 이해에 큰 역할을 한다. '비지'란 신하가 임금에게 올린 상소문이나 보고서에 대하여 임금의 답변이나 지시 사항을 적은 글을 말한다. 원래는 임금이 직접 하는 것이 원칙이겠지만 그 많은 양을 임금이 손수 처리할 시간이 없다. 따라서 비지를 담당하는 신하가 있기 마련이다. 이 시를 쓸 당시 이인로는 비지를 쓰는 업무를 담당하고 있었을 것이다.

한시의 구조와 관련한 큰 전통 중의 하나는, 작품을 양분하여 선경후정(先景後情)의 방식으로 배열하는 것이다. 이 작품 역시 앞부분은 자신이 있는 공간적 배경에 대한 묘사를, 뒷부분은 자신의 정회를 표출하고 있다.

우선, 쉽게 느낄 수 있는 것은 앞부분의 화려함과 뒷부분의 곤궁함이다. 공작병풍이 둘러쳐져 있는 곳에서 밤늦도록 비지를 쓴 이인로의 처지는 일견 화려함 속에서 지내므로 남의 부러움을 살 수도 있다. 공작과 원앙이 형성하는 작품상의 분위기 역시 화려하면서도 조화로운 느낌을 준다. 달콤한 잠에 빠져 있는 원앙이 어찌 갈라져서 날아갈 리 있겠느냐고 반문하는 행간에는 이미 궁궐의 화려함과 함께 그러한 조화로움에 대한 부러움이 담겨 있다. 즉 '달콤한 잠〔睡美〕'은 나의 달콤함이 아니라 객관적으로 존재하는, 나와 별개로 떨어져 있는 달콤함인 것이다. 그림 속의 공작과 원앙은 자신의 현실로 다가와서 조화로움을 주는 것이 아니라, 오히려 자신의 처지를 상대적으로 더욱 궁핍하고 가련하게 느끼도록 하는 요소로 기능한다.

이렇게 조화롭고 화려한 배경은 한시에서의 또다른 전통적 요소를 확인시켜준다. 즉 궁궐이나 임금에 관한 것을 묘사할 때에는 되도록 화려하고 조화로운 모습으로 그려야 한다는 것이다. 이것은 조선 초기에 서거정이 『동문선』을 편찬하면서, 새로 창업한 국가의 위엄을 한껏 드높이기 위한 의도로 화려하면서도 위풍당당한 시문을 선집한 사실에서도 볼 수 있다. 이인로가 보여주는 조화로움 역시 암묵적으로 이러한 전통에 따른 것이다.

물론 여기에서의 이러한 표현이 궁궐이나 임금의 위엄을 높이기 위한 요소로 등장한 것은 아니다. 다만 그의 의도는 뒷부분에서 표출되는 자신의 심경에 대한 대비적 요소로 배치하고자 한 것으로 보인다. 후반부에서는 청루녀(青樓女)를 등장시켜 자신의 느낌을 표출한다. 우선 스스로 가련하게 여긴다는 식의 표현을 앞세웠다. 그 가련함은 작품 속에 등장하는 여인에 대한 가련함이면서 동시에 자기 자신에 대한 가련함이다. 청루의 여자는 매일 화려하고 예쁜 옷을 짓는다. 그것은 시집갈 때 입는 옷인데, 많은 옷을 지어도 자신이 입기 위하여 짓는 것은 하나도 없다. 시집갈 때 입는 옷(嫁衣)을 입을 미지의 인물의 화려함과 기쁨에 찬 요족(饒足)한 얼굴은, 그 옷을 짓기 위해 힘든 노동을 감내하는 또다른 여인의 고통과 초췌함의 이미지와 극명하게 대비된다. 또한 그녀의 고통이 일시적이거나 가까운 미래에 끝나는 것이 아니라 오랫동안 이어지는 것이다. 이러한 느낌은 '長'이라는 부사어에서 비롯되는데, 자신이 입지 못할 옷을 짓는 행위를 긴 시간적 단위 속으로 이입시킨다.

이처럼 위의 시는 화려함과 곤궁함, 요족함과 초췌함 사이의 극명한 대비로 그 구조를 이루고 있다. 또한 전반부는 현실적으로 자신이 처한 환경을 노래하고 있고, 후반부는 비유적 표현에 의해 설정된 허구적 현실로 형상화되어 있다. 이는 실제로 자신의 현실에 대한 갈등을 표출하는 것이다. 시의 제목에서처럼, 작자 자신이 종사하는 일은 임금을 대신하여 비답(批答)을 내리거나 벼슬을 제수하는 임명장 등을 쓰는 것이다. 그러한 것은, 다른 사람에게는 매우 중요하고 기쁜 일이 되겠지만 그 일에 종사하고 있는 자신에게는 오히려 가련함만을 던져주는 일이다. 촛불 그림자가 희미해질 정도로〔燭影微〕 밤늦도록 밀려드는 비지를 쓰고 나면 자신에게는 피로함과 삶의 간고함만이 있을 뿐, 남는 것은 아무것도 없다.

이인로의 '자련'은 청루의 여자에 비견될 수 있는 자신의 실제 삶의 모습에서 비롯된다. 그 삶은 화려하고 조화로운 것과는 대조가 되는, 고통과 소외의 연속이라 할 수 있다. 따라서 그 안에서 표출되는 그의 서정은 조화로움을 얻지 못하고 결국 갈등의 표출로 끝을 맺는다. 이것을 그의 생애와 연결하자면, 무신의 난 속에서 산림(山林)과 불교(佛敎), 궁궐의 사이를 왕복하면서 느끼는 모순된 삶과 연관된다. 즉 자신의 능력이나 포부에도 불구하고, 혹은 자신의 뜻과는 다르게, 현실이 요구하는 삶과는 결코 조화를 이룰 수 없었던 이인로의 삶은 문학에도 그대로 반영되어 이러한 갈등의 양상을 보이게 된 것이다.

후회하지 않는 삶의 자세

買斷烟林理小園　　이내 낀 숲을 사서 작은 동산 꾸미고

南窓睡起負朝喧	남쪽 창가에서 잠자다 일어나 아침의 소란을 등진다
白頭不悔儒冠誤	흰머리에 유생의 관을 쓴 잘못을 후회하지 않나니
尙把塵編敎子孫	여전히 티끌책으로 자손을 가르치노라

—이인로, 「우연히 읊조린다偶吟」, 『파한집』

이 작품 역시 선경후정의 수법으로 창작되었다. 제목에서도 알 수 있듯이, 일상생활 속에서 문득 느끼는 감정을 짧은 절구(絕句) 한 편에 담아냈다. 이 시는 자연 속에 은거하면서 누리는 생활의 즐거움과, 그럼에도 여전히 마음속에 자리하고 있는 세상에 대한 기대, 자신의 삶에 대한 자부심 같은 것들을 잘 그려내고 있다.

기구(起句)에서 그는, 이내(烟) 낀 숲을 사서 작은 동산을 꾸몄다고 함으로써, 자신이 자연 속의 삶으로 들어왔음을 나타냈다. 은거에 대해서나 벼슬을 버리고 낙향하는 행위에 흔히 귀거래(歸去來)의 의미를 부여하면서 '내가 자연으로 돌아가 그와 함께 하나가 된다'는 식의 묘사를 하는 일반적인 한시 창작의 전통에 비추어볼 때, 이 구절의 표현에는 대단히 흥미로운 점이 있다. 즉 내가 자연 속으로 들어가 일체가 되는 것이 아니라, 나와는 아무 상관없이 존재해온 자연을 사서 스스로 작은 동산을 만드는 것이다. 작은 동산은 자신이 은거해서 살아갈 삶의 터전이므로, 자신의 의도에 맞게 꾸미는(理) 것이다. 자연을 하나의 이법(理法)의 현현(顯現)으로 파악하고 그것을 수양의 대상 혹은 기반으로 삼는 성리학자들의 태도와는 달리, 자연은 단순히 번잡한 벼슬살이를 떠나 한적하게 거처하는 터전으로 등장한다. 물론 이는 성리학의 발달과는 시대적 거리가 있다는 점을 감안한다 하더라도, 그의 자연친화(自然親和)의 태도는 자신의 인위적 의도와 자연의 자연스러움이 어우러져야 한다는 것이므로, 다른 사람들의 시에서 보여주는 물아일체(物我一體)로서의 자연관과는 차이를 보이는 것이다.

후반부에는 자신이 살아온 과거에 대한 성찰이 표출되어 있다. 스스로를 유자(儒者)로 자처하면서, 유자로서의 삶을 후회하지 않는다고 하였다. 물론 여기에서의 '유관(儒冠)'은 유자가 쓰는 관(冠)이라는 표면적인 의미 외에도, 문인(혹은 문신)으로서의 삶을 상징하는 시적 상관물이다. 무신의 난으로 수많은 문신이 살해당하고 고난을 겪는 시대에 살면서도, 지금 비록 간고하게 살고 있기는 하지만 자신의 문인으로서의 삶을 후회하지 않는다는 것이다. '흰머리〔白頭〕'라면 이미 인생의 마감을 준비하는 시기라고 할 수 있다. 어지러운 시대에 아무것도 이룬 것이 없다는, 일견 허탈한 느낌을 주면서도 그것이 허탈함으로 끝나는 것이 아니라 오히려 당당하게 느껴지도록 하는 요소를 지니고 있다.

그 당당함은 어디에서 연유하는 것일까. 그것은 비록 문인으로서의 삶을 잘못이라고 하면서도 그것을 후회하지 않는다는 모순된 듯한 언술에서 비롯된다. "문인으로서의 삶이 잘못되었다(儒冠誤)"는 언술은,

문인으로서 자신의 시대에 대한 역사적 책임이나 역할 수행을 제대로 다하지 못하였다는 의미로 파악해야 할 것이다. 이 구절은 문인(儒者)으로서의 삶을 선택한 사실 자체가 잘못되었다는 식의 표면적 언술을 그대로 수용해서는 안 된다. 자신이 역사적 책임을 제대로 다하지 못한 잘못이 있기는 하지만, 문인으로서의 삶을 선택한 것에 대한 후회는 없다는 것이다.

이러한 태도는 결구에서 극명하게 나타난다. 티끌책(塵編)으로 자손을 가르친다는 것은, 자신의 선택이 올바른 것이라는 확신이 전제된 행위로 보인다. 여기서 '상(尙)'이라는 부사어의 사용이 돋보인다. 자신의 역할 수행이 제대로 되지 못한 것이 잘못이라고는 해도, 문인으로서의 선택 자체에 대한 자부심이 이 글자에서 역력히 드러난다. 그릇된 자신의 일생 속에서도 '여전히'(이 글자는 '오히려'라는 뜻도 가지고 있다!) 자손을 가르침으로써 그 신념을 이어가고자 한다. 이 부분 역시 전구(轉句)와 마찬가지로 자신이 살아온 시대에 대한 복잡다단한 감정을 드러낸다. 즉 자손을 가르치는 도구는 '진편(塵編)'이다. 그것은 아마도 유교의 경전이거나, 적어도 세상을 경영하는 일에 관한 책일 것이다. 그럼에도 이인로는 티끌책이라고 표현하였다. 이는 그 책의 내용이 속세의 욕망을 추구하는 것이라기보다는 문인으로서의 신념을 실현하기 어려운 시대에는 그 효용성이 인정되지 못하는 책이라는 의미로 보인다. 이는 자신이 문인으로서 선택한 행위 자체에 대해서는 확고한 신념을 가지고 있으나 그것을 제대로 수행하지 못한 부끄러움을 감추고 있는 전구의 논리와 같이, 책의 효용성이 그 시대의 독재정권에 의해 인정되지 못하고 있으나 실상 그것의 효용성은 대단히 큰 것이라는 논리를 내포한다. 이러한 점에서, 고려 후기에 새롭게 등장하는 신흥 사대부의 선구자로서의 갈등과 의식이 엿보인다고 하겠다.

이 시 역시 위에서 본 것처럼, 조화로운 세계로서보다는 내면세계의 갈등을 여실히 드러내고 있다. 여기서 묘사된 자연은 귀의처로서의 자연이 아니라 오히려 새로운 세계로 나아가기 위한 휴식처로 표현된다. 세계에 대한 이인로 자신의 지향을 보여주는 것이면서, 동시에 새롭게 등장하는 계층의 확고한 신념이 그 시적 언술 속에 묻어 있는 것이다.

한 떨기 향기로운 눈은 홀로 봄바람

이인로의 시 중에서 아름다운 꽃을 다룬 한시가 몇 편 남아 있다. 그 중에서도 다음 작품은 무척 돋보인다.

無賴千花夢已空	하잘것없는 뭇 꽃들 꿈은 이미 텅 비었는데
一叢香雪獨春風	한 떨기 향기로운 눈은 홀로 봄바람이로다
太眞纔罷溫泉浴	태진이 온천욕을 막 마쳤지만
白玉肌膚未點紅	백옥 같은 살결에는 아직 연지 못 찍었네

—이인로, 「백작약白芍藥」, 『파한집』

이인로의 시가 모두 세계에 대한 갈등을 보여주는 것은 아니다. 그의 시에는 대단히 감각적인 시도 포함되어 있다. 이 작품에서 우리는 이인로의 감각적인 솜씨를 엿볼 수 있다.

위의 시에서 그는 백작약의 모습을 선명한 색채의 대조와 함께 형상화하였다. 기구와 승구에서는, 봄에 화려함을 자랑하던 수많은 꽃들이 모두 떨어져버리고 겨울의 눈처럼 흰 작약만이 홀로 봄의 여운을 간직하고 피어 있는 상황을 그린다. 그는 '千花/空', '一叢/獨'의 단어를 이용하여 백작약의 우뚝함을 강조한다. 특히 꽃을 '향기로운 눈〔香雪〕'이라고 표현함으로써 작약의 흰색과 그 향기로움을 비유하였다. 이는 후각과 시각의 공감각적 이미지를 이용하여 작약의 고결함과 우아함을 부각시키는 표현기교라 할 수 있다.

이처럼 앞부분에서는 뭇 꽃들이 모두 지고 홀로 피어 있는 작약의 광경을 그리고 있다면, 후반부는 꽃의 신선하고 깨끗한 이미지를 형상화하고자 하였다. 그는 양귀비(=태진)가 막 온천욕을 마치고 나와서 단장을 하기 직전의 그 감각적 신선함에 작약을 비유하였다. 물기를 아직도 머금고 있을 양귀비의 감각적 아름다움은 바로 꽃의 모습을 표현한 것이다. 나아가서 이인로는 백옥 같은 피부에 한 점의 붉은 연지를 찍기 전, 인공의 아름다움이 배제된 상태에서의 자연미 혹은 신선미에 꽃을 비유하고 있다. 여기서는 백옥(白玉)과 홍점(紅點)이라는 선명한 색채의 대조가 사용되었다.

이처럼 색채의 대조와 함께 꽃의 신선함을 강조하는 감각적 이미지는, 비슷한 시기에 지어진 황보탁(皇甫倬)의 시 「작약芍藥」과 비교해보면 쉽게 드러난다.

誰道花無主　　꽃에 주인 없다고 그 누가 말했던가
龍顏日賜親　　임금께서 매일 친히 보아주시는 걸
也應迎早夏　　응당 초여름을 맞아야 하거늘
獨自殿餘春　　혼자 남은 봄을 지키고 있네
午睡風吹覺　　낮잠 자다 바람 불어 깨어나니
晨粧雨洗新　　새벽 단장이 빗물에 씻겨 새로워라
宮娥莫相妬　　궁중의 여인이여 질투 마시게
雖似竟非眞　　닮은 듯 보여도 결국 진짜는 아닐지니

이인로의 『파한집』에 의하면 이 작품은 고려 의종이 상림원(上林苑)에 놀러갔다가 작약을 보고 시를 한 편 지었는데, 그 시에 화답하는 신하가 없자 황보탁이 지어서 바친 것이라고 했다. 황보탁은 이 시에서, 봄꽃이 다 지고 난 상황에서 홀로 피어 있는 작약의 신선한 자태를 노래하였다. 그것을 위해서 황보탁은 몇 가지 대상을 등장시키지만, 임금의 사랑을 받는 작약을 후궁들 사이의 미묘한 관계에 결부시켜 표현한 것은 다분히 서술적인 느낌을 준다. 시가 줄 수 있는 함축적인 부분이 부족한 것이다. 월궁의 항아가 질투할 정도로 작약의 물기 머금은 모습이 신선하다고 묘사하면서, 그러나 그것은 실제의 양귀비가 아니니 임금이 자주 사랑하는 것을 질투하지 말라고 하였다. 이 과정에서 보이는 작품 내적 구조의 긴밀함이나 비유의 신선함, 색채의 대조를 통한 작약의 이미지 부각 등이 이인로에 비하여 월등히 떨어진다고 하겠다. 이인로의 「백작약」은 시인으로서의 시적 감각이 잘 나타난 작품인 것이다.

어떤가. 한 시대를 풍미했다고 평가를 받는 시인의 작품은 범상하게 읽어서는 그 묘미를 알아차리기가 어렵다. 오랫동안 읽으면서 그 작품을 되새기노라면 어느새 작품 속으로 들어가 시인과 공감하는 기쁜 순간을 맞이할 수 있을 것이다.

* 평석(評析)은 비평을 통해 쉽게 풀이한다는 뜻이다.

어떻게 살아가는 것이 바람직한 삶인가

김종직의 한시 네 편

경렴당 뜨락에서 성현을 생각한다

어머니가 돌아가신 뒤 주자가례(朱子家禮)에 의하여 정성껏 상례를 치른 김종직(金宗直, 1431~1492, 호는 점필재佔畢齋)이 금산(金山)에 경렴당(景濂堂)을 지은 것은 그의 나이 쉰둘일 때인 1482년 3월의 일이다. 이 무렵 그는 밀양의 여러 제자들에게 편지를 보내 학문에 전념할 것을 권면하기도 했다. 그는 서당을 열고 그 앞에 연못을 파서 연꽃을 심어 자신의 수양처로 삼았다. 이 연못의 연(蓮)은 그곳의 훈도(訓導)인 방흥(方興)이라는 사람이 자기집 연못에 있던 것을 손수 옮겨 심은 것이었다. 연못을 마련하면서 처음에는 두서너 뿌리를 심었는데 얼마 안 되어 연못이 무성할 정도로 자랐다. 그곳을 다녀온 하인에게 그 사정을 전해 듣고 방홍에게 사례하는 시를 지은 것이 문집에 수록되어 있다.

점필재의 연보에 의하면, 그는 경렴당을 지어놓고 그곳에서 시를 읊조리며 지낼 뿐 세상일에는 뜻이 없었다. 가까운 사람들은 하나둘씩 곁을 떠나고, 학문의 길은 아득하다. 그런 심사를 시에 부치면서 삶을 돌아보는 것이 일상사였다.

萬頃城邊百頃蓮	만 이랑 성 옆에 만 이랑 연꽃
征夫按轡立蒼煙	나그네 고삐 잡고 푸른 연기 속에 서 있다
亭亭擎雨眞成蓋	꼿꼿이 비를 버티니 진실로 우산이 되고
濯濯凌波正欲仙	깨끗이 물결 견디니 진정 신선인 듯
酷愛芳心濃似麝	꽃다운 마음 사향처럼 짙어 너무도 사랑스럽고
恨無碧藕大於船	배보다 큰 푸른 연꽃 없는 게 안타까워라*
景濂堂下遙相憶	경렴당 아래에서 아득히 서로 생각하나니
環佩何時對聖賢	옥장식으로 성현 대할 날 어느 때인가

—김종직, 「만 이랑 연꽃 핀 못에서萬頃蓮澤」, 『점필재집』 시집 권21

'경렴당'은 염계(濂溪) 주돈이(周敦頤)를 사모한다는 뜻으로 붙인 이름이다. 흔히 북송사자(北宋四子)의 한 사람으로 꼽히는 주돈이는 성리학의 형성에 결정적인 영향을 끼치기도 했지만, 특히 『애련설愛蓮說』이라는 글로 조선의 사대부들에게 이름이 높다. 연꽃이 불교의 꽃이면서도 동시에 성리학자들이 마음 수양의 자료로 삼는 하나의 상징이 된 것은 주돈이의 역할에 힘입은 것이라 해도 과언이 아니다.

아득한 연못 속에 무성하게 피어난 연꽃이 푸른 연기 속에 잠겼다. 꼿꼿하고 깨끗한 모습, 사향처럼 짙고 아름다운 향기는 연꽃의 모습을 그린 것이기도 하지만, 학문의 향기이기도 하다. 연꽃을 사랑하여 글을 지은 도학자 주돈이를 사모하면서, 점필재 역시 자신의 학문이 높은 경계에 도달할 수 있기를 기약해본다. 성현을 대할 날을 그리는 그의 모습은, 나이가 들어서도 여전히 학문에 대한 열정으로 가득차 있음을 짐작게 한다.

고민으로 내 삶이 가득차 있을 때

앞날에 대한 복잡한 생각이 머릿속을 헝클어뜨릴 때가 있다. 어떻게 살아가는 것이 바람직한 삶인가, 혹은 어떤 직업을 선택해야 하고, 뜻대로 되지 않을 때는 어떻게 대안을 마련해야 하는가 하는 생각들로 어지러워질 때가 있다. 특히 30대가 되면 인생의 중반을 향해 올라가고 있는 터라 자연히 이런 생각들이 유난히 자주 튀어나온다. 어른들이야 그런 고민이 있다는 것 자체가 젊다는 증거 아니겠느냐고 타박을 하겠지만, 어찌 보면 이런 고민은 생의 굽이마다 마주치는 것들이기도 하다.

점필재 역시 작품 전편에 걸쳐 이런 고민을 반영하곤 했다. 유학자들에게 공부의 길과 관직의 길은 상반된 것이 아니다. 가장 이상적인 모습은 두 길이 하나로 이어져 조화를 이루는 것이다. 그러나 현실 속에서 두 갈래 길은 대부분 서로 다른 방향을 향해 뻗어 있기 일쑤다. 그 지점에서 유학자들의 고민이 생긴다.

蝸角功名未易拚	좁은 세상 공명을 쉽게 버리지 못하니
誰知方寸畜疑團	마음속 쌓인 의심 그 누가 알겠소
半生已作詩書誤	반평생 이미 시서(詩書)의 그릇됨 만들었고
千里還孤菽水歡	천리 밖 부모 봉양 도리어 저버렸소
閱世笑狂纓屢絕	세상 보며 미친 듯 웃느라고 갓끈 자주 끊어지고
居家計拙酒長乾	집안 살림 계획 졸렬해 술동이 늘 말라 있지요
年來直與寒威慣	근래에는 오직 추위와 익숙해져
却怕焦頭向熱官	불에 탄 머리가 높은 관직을 향할까 걱정스럽소

—김종직, 「겸선에게 화답하다和兼善」, 『점필재집』 시집 권1

이 작품은 점필재보다 조금 아래인 허백정(虛白亭) 홍귀달(洪貴達)의 시에 화답한 작품이다. 짧은 분량 속에 다양한 고민거리가 들어 있지만, 역시 중요한 것은 관직 생활에 대한 회의와 부모 봉양, 삶의 태도로 압축된다.

'와각공명(蝸角功名)'이라는 단어 속에 관직에 대한 그의 생각이 스며 있다. 달팽이 뿔을 각각 하나씩 차지하고 있던 나라가 서로 싸우는 우화는 『장자』에 이미 등장하거니와, 그 고사를 통해서 공명이라는 것이 대체로 '허명(虛名)'으로 이어지리라는 것을 드러낸다. 이것은 작품의 마지막 부분의 진술과 만나면서 부질없는 공명심만 탐내는 삶을 살아갈까 스스로를 경계하는 것으로 마무리된다. '초두(焦頭)'는 화재를 진압하느라고 머리를 태우는 것을 말한다. 『회남자淮南子』에 나오는 이 고사는, 화재를 예방해야 한다는 말을 한 사람의 공은 잊어버리고 화재 당시에 불을 끄느라고 머리를 태운 사람의 공을 높이 산다는 것에서 왔다. 즉 본말이 전도된 상황을 의미한다. '열관(熱官)'은 높은 관리를 의미하는 단어다. 비정상적인 세상에서 높은 관직을 바라는 사람이 되지 않겠노라는 하나의 경계일 것이다.

관직에 대한 경계의 이면에는 두 가지 반성이 깔려 있다. 하나는 자기 공부가 세상을 살아가면서 왜곡되고 있다는 점이고, 또하나는 벼슬살이를 하러 다니느라 부모님 봉양을 제대로 할 수 없다는 점이다. 더욱이 그가 돌아다니는 세상을 돌아보면 어이없는 웃음만 나온다. 미친 듯 웃느라고 갓끈이 끊어진다는 것은 제(齊)나라 순우곤(淳于髡)의 일화를 빌린 표현이다. 제나라 위왕(威王)은 초나라가 침공하자 순우곤을 조(趙)나라로 보내서 구원병을 청하도록 한다. 그런데 보내는 폐백이 너무 적었다. 그것을 본 순우곤이 너무 어이가 없어서 하늘을 우러러 웃었더니 갓끈이 모두 떨어졌다. 그제야 위왕은 많은 폐백을 보내서 구원병 청하는 일을 성공시켰으니. 『사기』「골계열전」에 나오는 이야기다.

점필재가 보기에 지금 세상이 너무 어처구니없이 돌아가고 있으니 헛웃음만 나온다는 의미일 것이다. 세상이라도 안정되어 태평성대를 구가하고 있으면 부모님을 떠나 벼슬살이를 하겠지만, 그렇지 않은 세상에서는 자신의 뜻을 펼 도리가 없다. 집으로 돌아왔지만 생계는 막막해서 술동이는 비어 있다. 어디에도 희망적인 탈출구가 보이지 않는 상황, 믿을 거라곤 오직 자신의 마음을 돌아보며 정신을 똑바로 차리는 일이다.

부모님의 흰머리는 늘어만 가고, 내가 그동안 걸어왔던 공부길은 시간 저편으로 아련히 사라져가고, 누추한 방에는 곰팡내 나는 책들만 쌓이는 삶을 바라보며 무엇을 해야 하나 고민한다. 그 고민은 점필재의 것이기도 하지만 동시에 내 것이기도 하다.

추수의 계절을 돌아보며

점필재가 부모 봉양을 위해 외직을 자원해서 선산부사(善山府使)가 된 것이 1476년(성종 7)의 일이다. 선생의 연보에 의하면 그해 1월 승문원사(承文院事)에 취임하여 근무하다가, 7월 1일 특명에 의하여 선산부사로 발령이 난 것이다. 점필재에게 선산은 자신의 관향이기도 하고 집안의 여러 어른들과 조상들이 대대로 살아온 터전이었으니 감회가 새로웠을 것이다. 자신이 어린 시절 지내던 원림(園林)이 그대로 남아 있어서, 그의 감개무량함은 참으로 깊었으리라. 비록 외직이라고는 하지만 자신의 고향을 다스리는 책임자가 되어 돌아온 그의 심회는 여러 시편에 보인다. 그는 선산을 다스리는 틈틈이 고을의 여러 곳을 돌아보면서 회포를 풀었다.

점필재의 나이 마흔일곱 되던 해인 1477년(성종 8) 10월, 경상도 관찰사가 창원과 울산 두 곳에 성을 쌓기 위해 선산의 백성들에게 부역을 일으켰다. 『점필재집』의 주석에 의하면 이 부역은 관찰사의 요청에 의한 것이기는 하지만, 그 요청이라는 것이 하기 힘들다고 거절할 수 있는 성질의 것이 아니라는 점은 명백하다. 점필재는 그 요청을 받아들여서 결국 한 달 만에 성 쌓는 일을 마쳤다고 한다. 공무에 의한 것이니 백성들을 동원하여 성을 쌓았지만, 그의 마음에 맺히는 바가 어찌 없었으랴. 그의 작품 「성을 쌓는 노래築城行」에서 그 마음의 일단을 읽을 수 있다.

秋禾蕭蕭不滿耞	가을 벼 신통치 않아 도리깨에도 못 차는데
滌場未旣催徵科	마당질도 안 끝나서 세금 독촉을 한다
海上復調兩城役	바닷가엔 또다시 두 성을 쌓는 부역
八頃一抽人如麻	한 집에 한 사람씩 뽑으니 삼대 같은 사람들

西呼東叫伯格長	동쪽 서쪽에서 소리쳐 부르는 촌장들
豈不少緩畏使家	어찌하여 조금 늦추어 관리를 두려워하지 않는가
憑渠勿和澤門謳	그대여, 택문의 노래에 화답하지 마오
三浦之夷心腹憂	삼포의 오랑캐가 마음속 근심일세

—김종직, 「성을 쌓는 노래」, 『점필재집』 시집 권13

추수의 계절이 돌아와도 농민들의 마음은 여전히 불편하다. 신통치 않은 가을걷이 때문에 도리깨질을 해도 손맛이 나질 않는다. 마당에 깔린 곡식이 풍성하면 도리깨질을 하는 손에 힘이 가고, 두 손으로 잡은 도리깨 자루에 느껴지는 묵직하고 부드러운 곡식의 느낌이 있는 법이다. 그 느낌만으로도 농민의 마음은 한 해 고생이 단번에 날아갈 터인데, 도리깨질하기에도 민망한 수준의 추수이다보니 자연히 힘이 빠진다. 그런 와중에 세금을 독촉하는 관원들이 찾아오니 그 심정이야 오죽하겠는가.

타작마당도 끝나지 않았는데 세금을 내라니, 세상에 이처럼 맥 빠지는 일이 어디 있겠는가. 농민들이 타작마당을 펼치는 순간 여러 겹의 고뇌가 덮친다. 추수가 넉넉지 않으면 분명히 이듬해 보릿고개를 넘기기도 어려울 뿐 아니라 당장 그해 겨울을 견디기가 녹록잖을 것이다. 도지를 내고 남은 것으로 세금을 내고 나면 자신들이 먹을 양식이라고는 얼마 되지 않는 양이리라.

여러 고민 속에서 도리깨질을 하고 있는 농민들에게 또하나의 고뇌가 닥친다. 성을 쌓기 위해 부역을 가야 한다면서 집집마다 장정을 징발한다. 농가에서 장정 한 사람이 빠지면 그 틈을 메우기 위해 온 집안 사람들이 달려들어도 쉽지 않다. 촌장들은 집집마다 돌아다니면서 장정을 불러대고, 부역 동원을 채근하는 그들의 목소리와 태도는 백성들을 부리는 일을 도무지 두려워하질 않는다.

택문(澤門)이란 무엇인가. 춘추시대 송나라 도성의 남쪽 문을 말한다. 당시 송나라의 재상이었던 황국보(黃國父)가 평공(平公)을 위해 대(臺)를 짓게 되었다. 때마침 추수철이라 백성들의 원망을 한몸에 받았다. 그들은 대를 지으면서, "택문의 얼굴 흰 사람 진실로 우리에게 부역을 시켰고, 고을 안의 얼굴 검은 사람은 진실로 우리 마음 위로하도다(澤門之晳 實興我役 邑中之黔 實慰我心)" 하는 노래를 불렀다고 한다. 점필재가 처한 현실과 정말 유사하다. 그러나 결정적으로 차이가 있는 것은, 관찰사의 명으로 쌓는 성은 삼포 지역을 자주 침범하는 왜군을 물리치기 위한 것이어서 백성들의 생명과 재산을 지키는 일이라는 점이다. 이 작품에서는 자신이 다스리는 고을 백성들의 어려움을 위로하고 어루만지려는 점필재의 마음과, 관찰사의 명에 의해 공무를 처리해야 하는 선산부사로서의 고민이 긴장감 있게 표현되어 있다.

백성을 부릴 때에는 농사짓는 때를 잘 살펴서 해야 한다고 했다(使民以時). 권력자의 욕망을 위해 부역을 일으키는 나라치고 망하지 않는 나라가 없었던 사실을 역사는 입증한다. 그런 점에서 점필재의 한시는 우리가 살고 있는 역사 현실을 다시 한번 돌아보게 한다.

호랑이 사냥에서 돌아오며

長圍簇簇繞重巒	길게 포위하여 빽빽하게 첩첩산봉 둘렀다가
落日頑雲卷旆還	지는 해 험한 구름에 깃발 걷고 돌아온다
未把忘歸穿白額	돌아가는 걸 잊고 다녀도 사나운 호랑이 잡지 못하고
忽驚回祿絳玄顏	불 때문에 온통 하늘 붉은 것에 홀연 놀란다
孤兒寡婦讐將報	고아와 과부 원수 갚으려는데
偃月長蛇勢自閑	칼 들고 진을 친 기세 절로 막혔다
莫謂書生無用處	서생들 쓸모없다 말을 마오
壯心終欲服侯㹒	장한 마음은 끝내 후산(侯㹒) 굴복시킬 듯 하다오

—김종직, 「정월 초닷새 안강현 동산에서 사냥을 끝내다正月初五日安康縣東山罷獵」, 『점필재집』 시집 권3

깊은 산길을 가다가 이따금씩 범을 만났다는 할머니의 말씀을 들은 적이 있다. 지금처럼 길이 정비되지 않았던 시절, 장을 보러 30여 리가 넘는 산길을 다니셨던 할머니는 언제나 밤을 도와 집으로 돌아오곤 하셨다. 달이 언제나 밝은 것은 아니어서, 어둠이 짙은 날이면 두려움에 두근거리는 가슴으로 발길을 재촉하셨으리라. 길을 걷다보면 어느 순간 주위에 산짐승이 따라오고 있다는 느낌을 완연히 받을 때가 있다. 머리카락은 쭈뼛거리고 온몸에 소름이 돋는다. 그렇다고 해서 어둡고 험한 산길에서 얼어붙은 듯 서 있을 수는 없는 노릇이다. 발길을 빠르게 옮겨보지만 마음만 급할 뿐 길은 좁혀지지 않는다.

할머니의 이 경험은 아마도 시골살이를 했던 어른들에게는 그리 낯설지만은 않은 경험일 것이다. 대부분은 그 산짐승이 할머니를 지켜주기 위해 산신령이 보낸 호위 짐승으로 결말이 나기는 했지만, 어찌 모든 짐승이 그러했겠는가. 어쩌면 산신령의 심부름꾼으로 믿고 싶은 어른들의 마음이 밤길에서 만나는 산짐승을 그렇게 생각했을지도 모를 일이다.

호환(虎患)에 관한 설화가 전국 곳곳에서 조사, 보고되는 것을 보면 호랑이에게 피해를 입은 사람들이 꽤 있었던 것 같다. 경상도 지역도 깊고 험한 산이 많은 곳이라 호랑이 피해가 상당했던 것으로 보인다. 한 고을에 호환이 일어나면 백성들의 두려움을 덜어주기 위해 군사를 모아 호랑이 사냥을 한다. 많은 군사를 동원하여 큰 산을 포위한 뒤 산꼭대기를 향해 올라가면, 사람들에게 쫓긴 호랑이는 위쪽으로 도망친다. 그때 미리 기다리고 있던 노련한 사냥꾼들이 그물과 무기를 이용하여 호랑이를 잡는 것이다.

점필재는 경주부(慶州府)의 속현이었던 안강현(安康縣)에서 호랑이 사냥을 한 일을 소재로 위의 작품을 지었다. 이 무렵 그는 호랑이 사냥에 몇 차례 참여했던 것으로 보인다. 그의 문집에는 「눈 온 뒤에 범을 쏘아 잡다雪後射虎」 2수(권2), 「예천 귀모현에서 호랑이 사냥을 하는데 산속에는 두견화가 만발했다醴泉歸毛峴獵虎山中杜鵑花盛開」(권2) 등의 작품이 수록되어 있다. 모두 호랑이 사냥을 소재로 한 작품들이다.

군사들이 첩첩산봉을 완전히 포위하고 산속을 돌아다녀도 결국 잡으려던 백액호(白額虎, 백호, 사나운 호랑이)는 종적이 없다. 호랑이에게 해를 입어 가장(家長)을 잃은 아이들과 부인네들의 원한을 풀어주기 위해 나섰지만 느닷없는 산불에 놀라 군사들의 사기와 기세가 막힌 것이다. 그 행렬에 따라나선 점필재로서는 더이상 호랑이 사냥에 기여할 것이 없다. 그러나 백면서생이라 해도 쓸모없는 존재이기만 한 것일까. 그의 시적 상상력은 문득 사냥을 통해 자신의 드높은 기상을 드러내는 방향으로 나아간다.

사냥은 단순히 놀이로만 기능하거나 재앙을 막기 위한 일로 간주되지 않는다. 고대로부터 사냥은 군사 조련의 의미를 가지는 것이었다. 점필재는 바로 그 점에 주목한다. 사냥의 첫걸음은 불쌍한 백성들의 복수를 해주는 것이었지만, 그것의 끝자락에는 북방 오랑캐를 물리칠 수 있는 장쾌한 마음을 기르는 데 있었다. 책상 앞에 앉아 글만 읽는 선비의 모습은 당시에도 쓸모없는 것으로 비쳤던 모양이다. 사람들의 일반적 인식을 뒤집으며 자신의 호쾌한 심사를 드러내는 이 작품에서 우리는 점필재의 공부가 단순히 집안에 앉아서 책을 읽으며 이룬 것만은 아니라는 점을 짐작할 수 있다.

공부하는 사람에게 세상 모든 일들은 교재요 스승이다. 책은 읽되 세상을 읽지 못하는 자 어찌 선비라 일컬을 수 있으랴. 몸과 마음이 따로 존재하지 않듯이, 독서와 출사(出仕) 역시 둘이 아니다. 백면서생의 공부가 장쾌한 기상을 기르고, 시골 방안에서의 공부가 천하를 돌아보는 것이라면, 어찌 선비의 삶을 보잘것없는 것이라 하겠는가. 백성들 위한 호랑이 사냥이 어느새 북방 오랑캐로 옮겨가면서 그의 넘치는 기상은 천하를 덮고 있다.

* 중국 태화산(太華山) 꼭대기에 연못이 있는데, 거기에는 배(船)보다 더 큰 연꽃이 핀다고 한다.

초판 서문

한시 속에 담은 그리운 기억들

한때 시인이 되기를 꿈꾸었던 나로서는 이 책을 만들면서 느끼는 복잡다단한 감회를 설명할 수 없다.

국민학교 시절, 내가 처음으로 받았던 책 선물은 아동문학전집이었다. 그 안에는 강소천, 이원수, 마해송 등의 동화를 비롯하여 윤석중의 동시집, 우리나라 여러 지역의 민요를 모아 엮은 민요집 등 다양한 내용이 가득했다. 외가에 굴러다니던 낡은 김소월 시집이며 서정주 시집을 읽으며 이따금 등장하던 본문의 한자에 목이 걸려 컥컥거리던 기억조차 이제는 참으로 따스한 온기를 지닌 채 떠오른다. 할머니(감탄사를 동반하지 않고서 어찌 할머니를 떠올릴 수 있단 말인가!)의 고담책 읽으시던 낮은 목소리도 생각난다. 아마도 그런 문화적 토대가 고등학교 시절 문학반에 들어가 시를 써보겠노라며 기염을 토하게 만든 원인이었을 것이다.

대학에 입학해서 우연히 글 쓰는 동아리를 기웃거리다가 선배와 동료들의 비수 같은 말에 남모르는 상처를 품에 안고 다시는 시를 쓰지 않겠노라고 맹세하면서(사실은 쓸 능력이 없음을 절감하면서) 발길을 돌린 적이 있었다. 긴 휴교령 끝에 찾아온 그해 가을은 유난히 짧았다. 속절없이 흘러가는 시간 저편에서 불의로운 시대에 대한 흉흉한 소문이 떠돌았으나 부끄럽게도 나는 거기에 귀를 기울일 만한 속내도, 자신도 없었다. 오직 퀴퀴한 먼지 냄새 가득한 한문의 세계에서 유영하고 있었던 것이다.

한시의 세계에 입문한 것도 바로 그때였다. 몇 글자 속에 광막한 우주가 담겨 있는가 하면, 한두 구절로 그리움의 깊이를 담아내는 솜씨야말로 누구도 흉내내기 어려운 일이었다. 보면 볼수록 한시의 층위는 다양했고, 내 안목에 따라 한시는 전혀 다른 방식으로 읽혔다. 좋은 구절은 여기저기 메모해두기도 했고, 더러는 외워두었다가 이따금 꺼내보면서 감탄을 금치 못했다. 시인이 되지 못한 것은 이런 점에서는 큰 행운이었다. 창작의 고통 뒤에 오는 아름다움의 흔적들을 나는 그냥 즐기기만 하면 되는 것이었다.(이 땅의 모든 시인이여, 건강하시라!) 이 책은 그런 날들에 대한 작은 기록이다.

『설악불교』에 선시(禪詩)를 연재하자는 제의를 받고 선뜻 응낙한 것이 올가미가 되어 지금까지 오게 되었다. 그러니 백담사의 오현(五鉉)

회주 스님은 이 책이 나오게 된 인(因)을 제공하신 분이다. 이홍섭 시인은 그 시절부터 게으른 나를 계속 채근하여 글이 나오게 했던 분이다. 그는 이후 월간 『베스트셀러』에 글이 실릴 수 있도록 전폭적인 지원을 했으며, 이 책에 실린 대부분의 글은 그 덕에 빛을 볼 수 있었다. 그러니 저자의 이름은 하나로되 실질적으로는 공저나 다름없는 셈이다. 벽서(碧栖)·추담(秋潭) 두 분 선생님은 한시 번역의 상당 부분을 보아주시고는 토를 달아 질책해주셨다. 바쁜 와중에도 원문을 모두 찾아 글자를 확인하고 교열을 꼼꼼히 해준 남규형씨도 있다. 우여곡절 끝에 이 책이 세상에 빛을 보게 되었다. 고찬규 시인과 아침이슬 식구들의 고마움도 가슴에 갈무리해둔다. 소중한 두 도반(道伴) 보림(寶林)·용현(龍賢)은 내 상상력의 마르지 않은 원천이다. 그 밖에 수많은 분들의 인연을 기억한다.

2001년 12월 강원도 춘천에서
김풍기

어디 장쾌한 일 좀 없을까

초판 1쇄 인쇄 2015년 12월 18일
초판 1쇄 발행 2015년 12월 28일

지은이 김풍기 | 펴낸이 염현숙 | 편집인 신정민

편집 신정민 최연희 | 디자인 신선아 | 저작권 한문숙 박혜연 김지영
마케팅 방미연 최향모 | 홍보 김희숙 김상만 한수진 이천희
모니터링 이희연 | 제작 강신은 김동욱 임현식 | 제작처 한영문화사

펴낸곳 (주)문학동네
출판등록 1993년 10월 22일 제406-2003-000045호
임프린트 교유서가

주소 10881 경기도 파주시 회동길 210
문의전화 031) 955-1935(마케팅), 031) 955-2692(편집)
팩스 031) 955-8855
전자우편 gyoyuseoga@naver.com

ISBN 978-89-546-3905-7 03810

* 이 도서의 국립중앙도서관 출판예정도서목록(CIP)은 서지정보유통지원시스템 홈페이지(http://seoji.nl.go.kr)와 국가자료공동목록시스템(http://www.nl.go.kr/kolisnet)에서 이용하실 수 있습니다. (CIP제어번호: CIP2015033817)

www.munhak.com